7번째 환생 1

묘재 장편소설

초판 1쇄 찍은 날 § 2018년 7월 23일
초판 1쇄 펴낸 날 § 2018년 7월 30일

지은이 § 묘재
펴낸이 § 서경석

총괄팀장 § 최하나
편집책임 § 김슬기
디자인 § 고성희

펴낸곳 § 도서출판 청어람
등록번호 § 제387-1999-000006호
등록일자 § 1999. 5. 31
어람번호 § 제1-2929호.

주소 § 경기도 부천시 원미구 부일로 483번길 40 서경B/D 3F (우) 14640
전화 § 032-656-4452 팩스 § 032-656-4453
http://www.chungeoram.com
E-mail § chungeorambook@daum.net

ISBN 979-11-04-91778-3 04810
ISBN 979-11-04-91777-6 (세트)

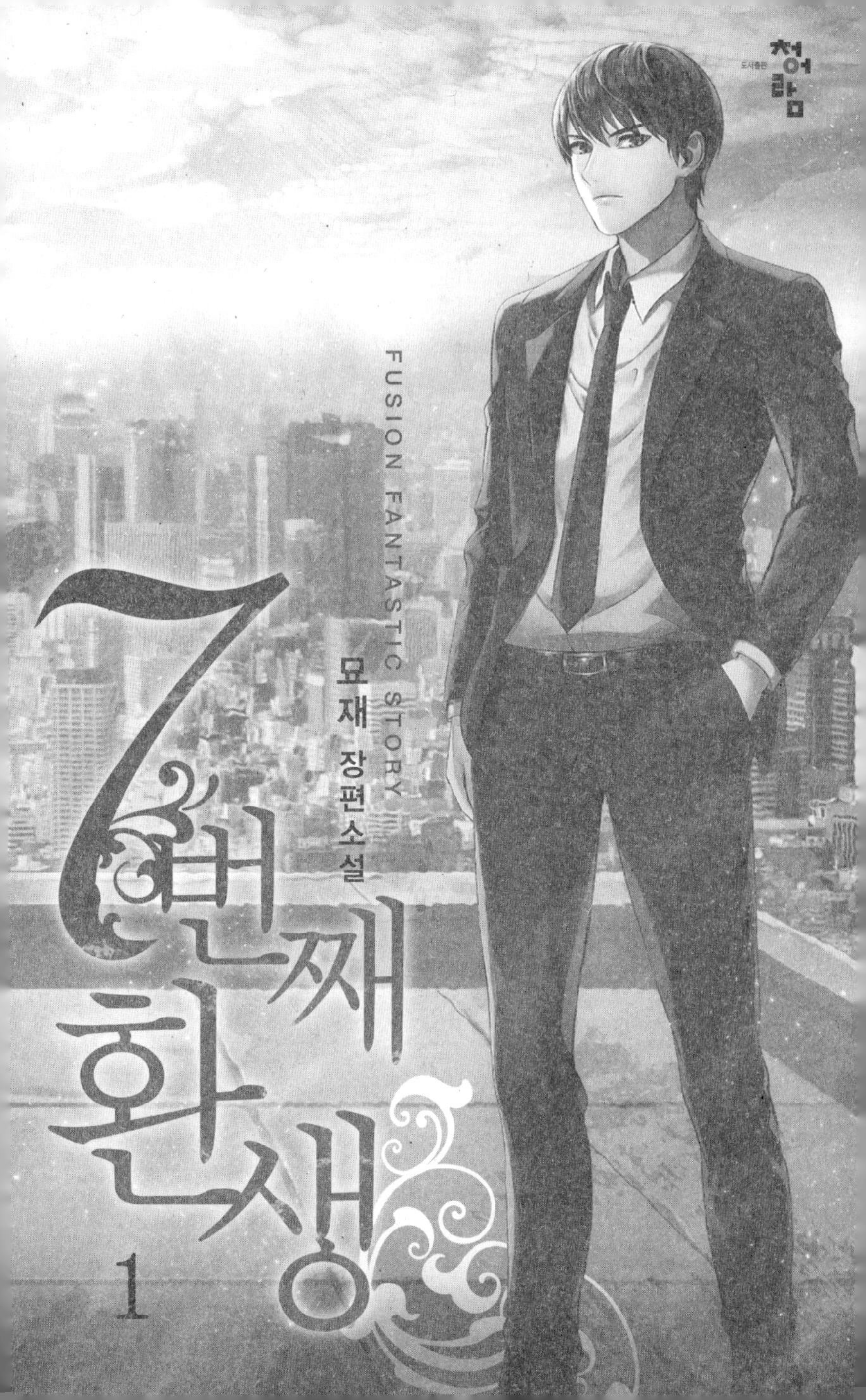
도서출판 청어람
FUSION FANTASTIC STORY
묘재 장편소설
7번째 환생
1

Contents

프롤로그(Prologue)   7

1장. 환생도 지겹다   13

2장. 뭔가 다른 차원   41

3장. 금성고, 접수   65

4장. 다재다능   91

5장. 전생 디딤돌   113

6장. 뜨거운 여름   137

7장. 금강의 재림   163

8장. 무서운 고3   189

9장. 기연보다 인연   215

10장. 새내기는 에이스   241

11장. 미래 에너지 탐사대   269

프롤로그
(Prologue)

신의 대리인 아바타가 강림했다.

하급 종족들은 아바타를 천사라고 부르며 숭배했다.

황금 날개를 활짝 펼치고 무지갯빛 오오라에 휩싸인 아바타의 모습은 비현실적으로 아름다웠다.

콰드득─!

마지막까지 혼자 살아남은 남자는 방금 쓰러뜨린 황태자의 심장에서 칼을 뽑았다.

그의 발밑에는 제국의 황제인 카이저 레골라스가 쓰러져 있었다.

드디어 제국을 몰락시킨 역사적인 순간, 전설로만 듣던 아바타를 만난 것이다.

"치우."

"나를 아는군."

아바타가 남자의 이름을 불렀다.

그녀의 목소리는 천상에서 울려 퍼지는 오페라 같았다.

"모든 차원을 통틀어 가장 많은 생명을 빼앗은 전사여."

"내가? 이거 영광인데?"

"멸망의 인도자, 그대에게 신의 말씀을 전하겠어요."

바로 그때, 아바타의 황금 날개가 펄럭였다.

화아아아아악—!

눈을 멀게 만들 정도로 강렬한 빛이 사방을 감쌌다.

신계의 빛은 하늘과 땅, 그리고 치우가 쓰러뜨린 시체의 산을 완전히 뒤덮었다.

"신께서 수많은 세계를 창조하신 이유를 그대가 깨달을 때까지… 영원히 차원을 떠돌며 새로운 삶을 살아야 해요."

"뭐, 뭐라고? 그게 무슨 개소리야!"

치우는 빛에 둘러싸인 채 분노를 터뜨렸다.

칼 하나로 수십만 명을 도륙하고 제국을 무너뜨린 불멸의 전사 치우.

아바타의 말이 거짓이 아니라면 진짜 불멸자가 되는 것이다.

"신의 축복이자 징벌을 온전히 즐기기를."

"잠깐, 잠깐!"

"창조의 이유를 깨닫는다면 그대는 진정한 안식과 원하는 모든 것을 이룰 수 있게 되어요. 그날까지 무운을 빌겠어요."

파바박!

하늘을 열고 강림한 아바타가 홀연히 사라졌다.

세상을 감쌌던 신계의 빛도 흔적조차 없어졌다.

마치 찰나의 꿈이 끝난 것 같았다.

하지만 생생한 현실이었다.

피를 흘리며 쓰러진 제국의 황제와 수만 명의 병사들은 그대로였다.

다만 오직 한 사람, 치우만 보이지 않았다.

이제부터 어떤 운명이 펼쳐질지 그 누구도 짐작할 수 없었다.

신의 시험은 치우에게도, 그가 스치는 세상에게도 엄청난 축복 아니면 재앙이 될 것 같았다.

1장

환생도 지겹다

촤아아악―!

핏방울이 하늘로 튀었다.

얇고 예리한 칼날이 상대의 가슴에 십(十) 자를 만들었다.

털썩!

육중한 거구를 자랑하던 사내가 무릎을 꿇었다.

그는 자신의 가슴에서 피가 철철 흐르는 것을 바라보며 허탈한 표정을 지었다.

"천하통일을 목전에 두고 패배하다니⋯⋯."

"그래도 너 정도면 제법 강한 적이었다, 천마."

천마(天魔).

마교의 절대자를 물리친 건 놀랍게도 한창 젊은 검객이었다.

절세신룡 이태민.

혜성처럼 강호에 나타나 천하제일검이 된 그가 무림을 구한 것이다.

천마는 이태민의 말에 눈을 부릅떴다.

다 죽어가면서도 기백은 잃지 않았다.

"뭣이라? 당금 무림에 나보다 더 강한 무인이 있다는 말이더냐?"

이태민은 한 손으로 귀를 파며 대답했다.

"무림에서는 네가 제일 강하지. 그런데 이전 차원에선 3위 정도 하려나."

"그, 그게 무슨 말인가?"

"그런 게 있어. 아무튼 이제 그만 죽어라. 너를 죽이고 마교 잔당 소탕하러 가야 한다."

이태민이 다시 검을 높이 들었다.

천마의 목숨을 완전히 끊기 위함이다.

그러나 천마는 무릎을 꿇은 상태로 미친 듯이 웃음을 터뜨렸다.

"크하하하하! 내가 괜히 너를 이곳으로 유인했겠느냐? 삼만 근의 폭약을 묻어두었다! 나와 함께 지옥으로 가자!"

말을 마친 천마가 두 손을 땅에 붙였다.

단전에 남은 내력을 쥐어짜 폭발시키려는 것이다.

아무리 천하제일검이라 해도 삼만 근의 폭약이 터지면 죽을 수밖에 없다.

더구나 이곳은 절벽 사이의 협곡이다.

몸을 날려 피할 구석도 보이지 않았다.

쿠구웅―!

천마의 내력이 폭약을 건드렸다.

절벽 전체가 흔들리는 소리가 들렸다.

머지않아 폭발이 일어나며 일대가 흔적도 없이 사라질 것 같았다.

그럼에도 이태민은 너무나 평온한 얼굴이었다.

천마를 이기고도 억울하게 죽게 됐는데 여유가 철철 흘러넘쳤다.

"나는 지옥에 가고 싶어도 못 가."

이태민의 의미심장한 말과 동시에 폭약이 터졌다.

퍼퍼펑!

쿠콰콰쾅―!

굉음이 두 사람을 집어삼켰다.

훗날 강호는 천하제일검이 천마와 함께 절벽에 묻혀서 무림을 구했다고 기억할 것이다.

절세신룡 이태민, 아니, 차원의 방랑자 치우는 폭발에 휩쓸리며 혼잣말을 읊조렸다.

"다음엔 또 어디서 환생할까……."

*   *   *

두 개의 태양과 아홉 개의 달이 뜨는 세계.

천마 덕분에 예상보다 일찍 죽음을 맞이한 치우는 아슬란 대륙에서 눈을 떴다.

"늦었구나."

그의 눈앞에 하얀 수염을 허리까지 기른 노인이 서 있었다.

치우는 당황하지 않고 고개를 숙였다.

"죄송합니다, 스승님."

한 차원에서 죽으면 다른 차원에서 다시 살아난다.

창조의 이유를 깨닫기 전까지 무한정 반복되는 축복이자 징벌이다.

치우는 환생 거듭하며 여러 차원을 경험했다.

그렇기에 신이 어떤 법칙을 정했는지 몸으로 터득한 뒤였다.

누군가가 운명을 다하면 그 몸으로 치우의 영혼이 스며든다.

치우가 환생한 날, 몸의 주인은 죽을 운명이었다는 뜻이다.

대신 원래의 몸의 주인이 갖고 있던 기억이 고스란히 전달된다.

따라서 새로운 차원에 적응하기는 어렵지 않았다.

아슬란 대륙에서 치우는 제로딘이라는 마법사 수련생으로 환생했다.

불행인지 다행인지 제로딘은 평범한 수련생이 아니었다.

무려 대마도사 쿤데라의 제자였다.

흰 수염 노인 쿤데라는 대륙에서 다섯 손가락 안에 드는 마법사였다.

대마도사는 인간이 닿을 수 있는 최고의 클래스로 알려져 있었다.

그다음 경지인 현자 클래스를 정복한 마법사는 아직까지 나타난 적이 없었다.

"제로딘, 오늘따라 이상하구나. 지각을 절대 하지 않더니 눈동자도 자주 흔들리고……."

"사실은 어제 늦게까지 파이어볼을 연습했습니다."

"흐음, 무리한 수련은 집중력을 갉아먹는다는 점을 명심하거라."

"명심하겠습니다."

쿤데라는 꺼림칙한 기분을 느꼈지만, 치우가 하나뿐인 제자 제로딘으로 환생했다고는 의심하지 않았다.

신과 아바타, 그리고 치우를 제외하면 다른 차원의 존재를 아는 사람은 아무도 없었다.

차원을 넘나들며 환생을 하는 사람이 있다니 상상조차 불가능한 일이다.

"어디 수련의 성과를 한번 보자꾸나."

"네!"

치우는 환생 첫날이지만 착실하게 제로딘 역할을 했다.

대마도사의 제자로 환생한 것은 운이 좋게 잘 풀린 케이스이다.

지난 세 번의 환생에서는 소매치기, 몬스터에게 잡아먹히기 직전의 헌터, 내공 없는 낭인 무사로 인생을 시작했다.

그때와 달리 좋은 스승 밑에서 성장할 수 있는 기회를 놓치고 싶지 않았다.

처억—!

제로딘이 된 치우가 팔을 앞으로 쭉 뻗었다.

그는 어제까지의 제로딘의 기억을 갖고 있었다.

"캐스팅, 파이어볼!"

마나로 이루어진 복잡한 수식이 손바닥에 떠올랐다.

곧이어 축구공 크기의 불덩어리가 허공에 나타나 열기를 뿜어냈다.

슈우욱— 퍼엉!

제로딘의 의지대로 한참을 날아간 파이어볼이 통나무를 쓰러뜨렸다.

'마나를 배열해서 캐스팅을 성공하면 마법이 구현된다. 생각보다 어렵지 않은데?'

치우의 영혼이 깃든 제로딘은 머리가 아닌 몸으로 마법을 경험하며 회열을 느꼈다.

그의 재능은 천부적이다 못해 악마적이었다.

오죽하면 신으로부터 환생이라는 시험을 받겠는가.

짝짝짝!

"훌륭하구나!"

쿤데라가 박수를 치며 제자의 성취를 칭찬했다.

그는 흡족한 얼굴로 고개를 끄덕였다.

"정진하고 또 정진하여라, 제로딘. 너라면 현자의 벽을 넘을

지도 모르겠구나."

대마도사 쿤데라는 괜한 말을 하지 않았다.

그의 예언은 오랜 시간이 지나 이뤄졌다.

아슬란 대륙에서도 세월은 쏜살같이 흘렀다.

쿤데라가 죽고 수련생이던 제로딘은 왕궁 마법사를 거쳐 대마도사 클래스에 도달했다.

이후 왕궁에서 은퇴한 그는 기어코 현자의 벽을 넘고 말았다.

88세의 나이에 최초로 현자 클래스의 마법사가 된 것이다.

그러나 현자가 됐음에도 불구하고 신이 수많은 세상을 창조한 이유를 깨달을 순 없었다.

죽음의 그림자가 제로딘을 찾아왔을 때, 그는 따뜻한 벽난로 앞 나무 의자에 앉아 있었다.

현자 클래스에 도달한 제로딘은 자신이 곧 죽는다는 것을 예측했다.

"또 다른 삶을 살게 되겠군."

한숨이 절로 나왔다.

다시 산다는 게 하나도 기쁘지 않았다.

그는 아슬란 대륙에서 70년 넘게 제로딘으로 충실한 인생을 살아왔다.

이제 평온한 안식을 얻고 싶었다.

하지만 다시 치우가 되어 낯선 차원으로 날아가야 한다.

과연 언제쯤 창조의 이유를 깨달을 수 있을까.

정말 그런 게 있기는 한 것일까.

어쩌면 이 모든 것이 신의 장난은 아닐까.

현자 제로딘의 마지막 순간, 그가 홀로 유언을 남겼다.

"환생도 지겹다."

아슬란 대륙에서 네 번째 환생을 마친 치우는 다섯 번째, 여섯 번째 환생도 경험했다.

다섯 번째 세계는 다시 떠올리기도 싫었다.

여섯 번째 차원에서 그는 기계화 군단의 엔지니어로 환생했다.

그리고 어김없이 일곱 번째 환생을 하게 됐다.

번쩍!

그런데 이번에는 뭔가 달랐다.

곧바로 환생하지 않고 환한 빛으로 가득 찬 공간에 영혼이 머물렀다.

낯설지 않은 느낌이다.

"아바타!"

신의 대리자로 영원한 환생을 알려주던 아바타의 기운이었다.

아니나 다를까, 황금빛 날개를 활짝 펼친 존재가 눈앞에 나타났다.

"드디어 내 환생이 끝난 건가?"

치우의 영혼이 질문을 던졌다.

그러나 천사라는 이름으로 불리는 아바타는 무표정하게 고개를 저었다.

"멸망의 인도자 치우, 그대에게 신의 경고를 전하겠어요."

"신의 경고?"

"당신은 환생을 거듭하며 다른 세상으로부터 어떤 것도 배우지 못하고 있답니다."

"개소리! 난 어느 세계에서건 최강의 자리에 올랐어!"

"오직 자신만을 위해 살아가는 가련한 존재여, 부디 이번 생에서는 스스로를 희생해 세상을 구하는 기쁨을 깨닫기를. 신의 인내심이 다하면… 영원한 소멸이 찾아올지 몰라요."

"영원한 소멸? 누가 그따위를 겁낼 것 같아?"

"다시 만나는 날까지 안녕하기를."

아바타의 날개가 펄럭였다.

치우는 곧 새로운 차원에서 눈을 뜨게 될 것을 직감했다.

호기롭게 외쳤지만 막상 영원히 소멸할 수도 있다고 생각하니 이상한 기분이 들었다.

대체 어떻게 해야 환생의 고리를 끊고 진정한 안식과 함께 원하는 모든 것을 이루게 될까.

아쉽게도 길게 생각할 수 없었다.

그의 영혼은 이미 다른 차원으로 빨려가고 있었다.

*   *   *

화아악—!

눈을 뜬 치우는 낯선 세상에서 처음 들리는 말에 귀를 기울였다.

"최치우, 돌았냐? 대가리에 총 맞았냐고!"

사나운 말투가 자신을 향해 쏟아지고 있었다.

일곱 번째 차원으로 환생한 치우는 원래의 몸의 주인이 갖고 있던 기억을 흡수했다.

'태양계, 지구, 대한민국, 고등학생, 나와 같은 이름, 그리고… 빵셔틀?'

상당히 생소한 용어가 떠올랐다.

헌터나 마법사로 환생했을 때는 기억을 받아들이는 게 어렵지 않았다.

하지만 이번 환생은 뭔가 달랐다.

이제껏 경험해 본 적이 없는 복잡하고 다양한 정보가 치우의 머리를 어지럽혔다.

게다가 치우라는 자신의 진짜 이름으로 불리게 되는 상황도 처음이다.

"이 새끼가 진짜 미쳤나? 야? 야?"

불쾌한 감각이 치우의 정신을 깨웠다.

키가 멀대 같은 놈이 손가락으로 치우의 이마를 톡톡 건드렸다.

"최치우 씨, 쉬는 시간 끝나기 전에 매점 튀어 갔다 오셔야죠. 뒤지게 맞기 싫으면."

놈은 치우를 노골적으로 무시하고 있었다.

동등한 인간으로 취급하지 않는 것이다.

마치 태초의 차원 링스 월드에서 제국을 지배한 하이엘프들이 나머지 종족을 노예처럼 부리던 것과 비슷했다.

아주 오래전, 지긋지긋한 환생을 하게 만든 원인이 떠올랐다.

치우는 자기 손으로 죽인 제국의 황제 카이저 레골라스를 기억하며 눈을 부릅떴다.

찌릿!

눈동자에 칼날 같은 살기가 서렸다.

일곱 번의 환생을 거치며 이질적인 차원에서 산전수전 다 겪은 눈빛이다.

순간적으로 상대를 위축시키기에 충분했다.

"어, 어……."

치우를 괴롭히던 일진 김병철이 한 걸음 뒤로 물러섰다.

저도 모르게 치우의 눈빛에 겁을 먹은 것이다.

하지만 놈은 곧장 머리를 가로저으며 손을 높이 치켜들었다.

잠깐 쫄긴 했지만 감히 자신에게 눈을 부라린 치우를 때리려 했다.

당연한 일이었다.

지금 치우는 링스 월드에서 수십만 명을 죽인 멸망의 인도자가 아닌, 금성고 3학년 공식 빵셔틀 최치우이기 때문이다.

딩동댕동— 딩동댕동—

"병철아, 선생님 바로 앞!"

그때 마침 수업 시작을 알리는 종이 울렸다.

부지런하기로 유명한 국사 선생님은 벌써 앞문을 열고 있었다.

주먹을 뻗기 직전이던 김병철이 씩씩거리며 자리로 돌아갔다.

그는 최치우를 노려보며 손날로 목을 그었다.

수업이 끝나면 각오하라는 뜻이다.

치우는 반대편 구석 자리에 앉았다.

새롭게 눈을 뜬 차원은 아무래도 좀 이상했다.

하필 환생하게 된 몸의 주인도 상태가 안 좋았다.

50분의 수업 시간 동안 머리를 정리해야 할 필요가 있었다.

김병철을 어떻게 할 것인지는 나중 문제였다.

"다들 137페이지 펼치고 집중!"

국사 선생님의 말을 한 귀로 듣고 한 귀로 흘렸다.

선생님을 비롯해 학생 중 누구 하나 최치우에게 관심을 가지지 않았다.

그는 고개를 푹 숙였다.

원래의 최치우가 수업 시간에 보여주는 태도와 흡사했다.

차원의 방랑자 치우는 금성고 3학년 최치우의 기억을 정리하기 시작했다.

선택의 여지는 없었다.

일곱 번째 환생을 한 그는 여덟 번째 차원에서 새로운 몸의 주인으로 살아가야 한다.

'이제부터 나는 최치우다!'

교실 구석에 앉은 치우의 눈이 반짝였다.

계속되는 환생에 질렸지만, 새로운 삶이 시작된 순간만큼은 의지가 생겼다.

그것은 모든 생명의 본능이다.

치우는 머릿속 조각들을 맞추며 지구에 적응하기 위한 준비를 했다.

고등학교 3학년이면 세상에 대한 기본적인 지식을 갖추고 있다.

어린아이로 환생하는 것보단 여러모로 편리했다.

치우는 링스 월드에서의 인생과 여섯 번의 환생을 거치며 얻은 지식을 고스란히 갖고 있었다.

거기에 19년에 걸친 최치우의 기억이 더해진 것이다.

물론 지난 차원에서 마음껏 사용하던 능력은 무(無)로 돌아간다.

기억과 지식, 경험만 유지될 뿐 낯선 환경에서 모든 게 새 몸에 맞춰진다.

그러나 엄청난 무기를 지닌 것만은 틀림없었다.

다른 차원에서의 경험을 활용하면 엄청나게 빨리 성장할 수 있었다.

그렇기에 내공이 하나도 없는 낭인 무사로 환생했어도 천마를 쓰러뜨린 천하제일검이 되는 게 가능했다.

'아무리 그래도 이건 좀 너무하다. 너무하다고!'

치우는 속으로 울분을 터뜨렸다.

금성고 3학년 최치우는 일곱 번째 환생 중 최악의 케이스라고 해도 과언이 아니었다.

아버지는 일찍 돌아가셨고, 어머니는 매일 시장에서 김밥을 팔며 열네 시간씩 일하신다.

단지 어려운 가정 형편을 원망하는 것은 아니다.

그는 길바닥에서 먹고 자는 소매치기로 환생한 적도 있었다.

문제는 최치우의 몸 상태와 정신 상태였다.

'마나는 아예 없고 내공은커녕 단전도 좁쌀만 하고… 게다가 근육도 너무 모자란 체형. 그나마 키가 평균은 되는 게 다행인가. 목, 어깨, 척추, 허리, 무릎까지 자세와 균형도 맞지 않는다. 이런 몸이라면 어린 오크 한 마리도 못 잡고 찢겨 죽겠어.'

이태민으로 환생했을 때는 내공이 없는 대신 튼튼한 육체를 지니고 있었다.

소매치기는 민첩했고, 제로딘은 마법에 관한 천부적인 재능의 소유자였다.

최치우로 환생하기 바로 직전, 기계화 군단의 엔지니어는 로봇에 생명을 불어넣는 장인이었다.

그런데 최치우는 내세울 게 하나도 없었다.

19년 동안의 기억을 샅샅이 뒤져봐도 정말 써먹을 재능이라곤 없었다.

허우대만 멀쩡한 약골이라도 다른 장점이 있으면 된다.

하지만 정신 상태는 몸 상태보다 더더욱 심각했다.

고등학교에 입학하며 왕따를 당하기 시작해서 막 3학년이
됐다.

그간의 오랜 괴롭힘 때문에 최치우의 정신은 한없이 나약해
지고 비뚤어져 있었다.

두려움, 절망, 복종, 무기력함.

이런 감정들이 최치우의 기억을 지배하며 정신을 좀먹었다.

뿐만 아니라 학교에서 받는 스트레스를 집에서 풀었다.

온갖 고생을 다 하면서 혼자 최치우를 키운 어머니께 매일
짜증을 냈다.

'하필 이런 놈으로 환생하다니…….'

탄식이 절로 나왔다.

한편으로는 안쓰럽기도 했다.

오죽 학교생활이 힘들었으면 벌써부터 몸과 정신이 이렇게
망가졌을까.

'그래도 반항이라도 해봤어야지. 애꿎은 어머니에게 화풀이
를 하는 건 아니지, 이놈아.'

최치우가 최치우를 꾸짖었다.

환생을 통해 새로워진 최치우가 과거의 자신을 혼내면서 안
타까워했다.

이것은 자책인 동시에 위로이기도 했다.

지금부터 잘살면 된다.

과거보다 중요한 것은 현재와 미래이다.

불멸의 전사, 차원 방랑자의 영혼이 깃들었으니 금성고 공식 빵셔틀은 완전히 다른 인생을 살아가게 될 것이다.

그러나 당장 해결해야 할 과제가 다가오고 있었다.

국사 시간이 끝나면 금성고를 대표하는 양아치 김병철이 가만있지 않을 게 분명했다.

일진이라고 설치는 학생들 중에서 제일 질이 안 좋은 놈이 김병철이었다.

보통 고3이 되면 일진도 공부에 신경을 쓴다.

수능이 20대 이후의 인생을 가른다는 사실을 깨닫게 되기 때문이다.

하지만 김병철은 미래를 포기한 인간처럼 계속 막장으로 굴었다.

집이 부자이기 때문에 겁나는 게 없어서인지도 모른다.

'어느 차원이나 불공평한 건 마찬가지군. 저런 쓰레기가 부잣집에서 편하게 살고.'

김병철은 약한 학생들만 골라서 지독하게 괴롭히는 인간 말종이었다.

악평이 자자하지만 선생님들도 함부로 훈계하지 못했다.

들리는 소문으로는 학교에 거액의 발전 기금을 냈기 때문이라고 한다.

딩동댕동─ 딩동댕동─

"수고하셨습니다!"

50분이 다 지나고 학생들이 국사 선생님께 인사를 했다.

최치우는 고개를 돌려 김병철의 자리를 쳐다봤다.

아니나 다를까, 놈이 자신을 마주 보며 비릿한 표정을 짓고 있었다.

'일곱 번째 인생도 순탄하지는 않겠다.'

피식 웃음이 나왔다.

칼 하나로 수십만을 죽이고 제국을 몰락시킨 장본인이 겨우 고등학생 양아치와 싸워야 한다.

최악의 피지컬을 가진 몸이라 잘못하면 환생 첫날에 두들겨 맞을지도 모른다는 사실이 너무 우스웠다.

'신이시여, 정말 내 영혼을 인정사정없이 시험하는군. 하늘에서 재밌게 보고 있겠지?'

최치우는 조물주를 생각하며 자리에서 일어났다.

그가 먼저 팔을 뻗어 김병철을 지목했다.

"양아치 새끼야, 점심시간에 나랑 한판 붙자."

반 전체가 조용해졌다.

다들 너무 어이가 없어서 말을 잃었다.

30명의 학생이 최치우만 멀뚱멀뚱 쳐다보고 있었다.

전교생이 다 아는 공식 빵셔틀이 성질 더러운 일진에게 선전포고를 한 것이다.

지목당한 김병철도 넋이 나갔다.

사람은 전혀 예상 못 한 일을 당하면 어안이 벙벙해질 수밖에 없다.

"이 찐따 새끼가 아까부터 진짜 돌았나."

김병철이 황당한 듯 고개를 좌우로 까딱거리며 일어섰다.

다른 학생들은 김병철이 최치우에게 다가가기 쉽도록 길을 비켜줬다.

대부분 선량한 얼굴을 하고 있지만 모두 공범이다.

왕따는 나쁜 소수의 주동과 침묵하는 다수의 공조에 의해 이뤄지는 범죄 행위이다.

최치우는 애초에 반 친구들로부터 무엇도 기대하지 않았다.

"점심시간, 학교 뒤뜰, 애들 다 보는 데서 정식으로 붙자. 내가 지면 졸업할 때까지 군말 없이 노예처럼 산다."

최치우가 승부수를 던졌다.

이제 막 고3이 됐기에 수능까지 8개월은 더 학교를 다녀야 한다.

남은 학교생활을 편하게 보내려면 과감하게 배팅할 필요가 있었다.

더구나 교실보다는 뒤뜰이 싸우기 유리한 장소였다.

"군말 없이 노예? 니 입으로 말했다?"

김병철이 미끼를 물었다.

사실 빵셔틀로 살고 있는 지금도 노예나 다름없었다.

그러나 스스로 인정을 하고 안 하고의 차이는 꽤 크다.

최치우는 김병철의 눈을 똑바로 마주 보며 고개를 끄덕였다.

"한 입으로 두말 안 한다."

"뭘 잘못 처먹었는지 몰라도 단단히 미쳤네. 점심시간부터 노예 될 준비나 해라."

딜이 성사됐다.

2시간 뒤, 점심시간을 알리는 종이 울리면 희대의 싸움판이 벌어지게 될 것이다.

최치우는 군이 자신이 이겼을 때의 조건을 걸지 않았다.

그는 김병철을 철저하게 박살 낼 작정이다.

그렇기에 다른 조건이 필요치 않았다.

"야, 저러다 최치우 죽으면 어떡하지?"

"설마 병철이가 그 정도까지 하겠어. 적당히 패고 말겠지."

"근데 진짜 돌았는지도 몰라. 무슨 깡으로 병철이한테 개기는 걸까?"

"아, 몰라, 난 그냥 공부나 할래."

같은 반 아이들의 수군거리는 소리가 들렸다.

김병철이 최치우를 반 죽인다는 것은 기정사실처럼 여겨지고 있었다.

그저 몇몇이 최치우의 용감한, 혹은 무모한 행동을 궁금해할 따름이었다.

'두고 봐라. 이제 이놈은, 아니, 나는 새로운 인생을 살 테니까.'

최치우가 책상 아래에서 주먹을 불끈 쥐었다.

그는 모든 차원에서 최고가 되기 위해 최선을 다했다.

높은 곳에 서면 보이는 풍경이 달라지는 법이다.

신이 수많은 세상을 창조한 이유를 깨닫기 위해서라도 차원의 정점에 올라야 할 것 같았다.

게다가 링스 월드에서부터 치우는 둘째가라면 서러운 승부욕의 소유자였다.

계속되는 환생에 지쳐가도 본성이 어디로 사라지진 않는다.

싸움을 앞둔 최치우의 눈빛이 투지로 반짝였다.

김병철은 그동안 약한 학생들을 괴롭힌 대가를 톡톡히 치르게 될 것 같았다.

*   *   *

"야, 야! 진싸 한다!"

"와, 헛소문인 줄 알았는데 진짜네?"

금성고 학생들은 평소와 다른 이유로 웅성거렸다.

점심시간 종이 치자마자 밥도 마다하고 뒤뜰로 모인 학생들이 적지 않았다.

짬이 안 되는 1학년, 2학년들은 창문으로 고개를 내밀고 구경했다.

3학년 공식 빵셔틀 최치우와 일진 김병철이 한판 붙는다는 소문은 이미 전교에 다 퍼졌다.

학생들의 관심사는 단 하나였다.

김병철이 얼마나 잔인하게 최치우를 두들겨 패고 노예로 부릴 것인가.

1%라도 반전을 기대하는 학생은 없었다.

"질질 짜면서 무릎 꿇고 빌면 그만해 줄게. 그니까 더 못 맞겠으면 무릎부터 꿇어."

김병철이 최치우를 노려보며 입을 열었다.

그는 기분이 나빠질 대로 나빠져 있었다.

고작 빵셔틀이랑 붙는다는 이유로 함께 어울리던 3학년 일진들에게 무시를 받았기 때문이다.

엉겁결에 최치우의 제안을 받아들였지만 생각할수록 불쾌한 일이었다.

최치우가 감히 자신에게 도전할 마음을 먹었다는 것 자체가 용납이 안 됐다.

'눈동자가 흔들리고 목소리는 쓸데없이 높아졌다. 흥분하고 있다는 증거지. 구경꾼이 많이 몰린 상황에 당황하고 있는 게 분명하군.'

최치우는 말없이 김병철을 분석하고 있었다.

자신만만한 척하고 있지만 김병철의 상태는 평소 같지 않았다.

조금이라도 흥분하고 당황하면 운동신경은 떨어지고 실수할 확률은 올라간다.

교실 뒤에서 싸우는 것보다는 최치우에게 유리해졌다.

'게다가 여기.'

최치우가 군이 학교 뒤뜰을 결전의 장소로 선택한 이유가 있었다.

뒤뜰에는 모래가 곳곳에 뭉쳐 있었다.

씨름장 공사를 하다가 만 흔적이 뒤뜰에 남아 있는 것이다.

최치우는 기억 속 뒤뜰의 지형을 떠올리고 유레카를 외쳤다.

"이제 와서 겁나냐? 미친 새끼가 아가리 닫고 가만히 서 있네."

김병철이 다시 한번 시비를 걸었다.

최치우는 여유롭게 미소를 지었다.

당장 피지컬로 따지면 김병철이 월등하다.

키도 머리 하나는 더 크고 근력이나 민첩성도 비리비리한 최치우보다 훨씬 나을 것이다.

하지만 싸움은 피지컬만으로 하는 게 아니다.

최치우는 무려 7차원에 걸친 경험을 갖고 있다.

무엇보다 영혼의 강인함으로는 모든 차원을 통틀어 둘째가라면 서럽다.

"입 그만 털고 덤벼."

최치우의 도발이 김병철의 신경을 왕창 긁었다.

이성을 잃은 그가 소리를 지르며 달려들었다.

"이 개새끼가!"

힘이 잔뜩 실렸지만 동작이 무척 컸다.

맞으면 아플 것이다.

그러나 맞아줄 이유가 없다.

최치우는 재빨리 한 걸음 뒤로 물러섰다.

부우웅―!

무식한 주먹질이 허공을 갈랐다.

이제 공은 최치우에게 넘어왔다.

파박!

그는 섣불리 반격하는 대신 바로 옆의 모래 덩어리를 발로 찼다.

동시에 희뿌연 먼지가 휘날리며 모래가 김병철에게 튀었다.

"이런, 썅!"

김병철이 욕을 하며 손을 휘저었다.

갑자기 날아든 모래가 눈에 들어가 보이는 게 없었다.

최치우는 망설이지 않고 스텝을 밟았다.

'맹아일격(猛牙一擊)!'

아주 미약하지만 그의 오른손에 바람의 힘이 응축됐다.

절세신룡 이태민의 차원에서 권왕(拳王)이 쓰던 무공이다.

내공이 하나도 없는 상태지만 초식은 따라 할 수 있었다.

그래봤자 원래의 위력 100분의 1에도 미치지 못한다.

하지만 순간적인 속도와 파괴력은 장난이 아니었다.

쐐애액— 빠악!

제대로 걸렸다.

최치우의 주먹이 김병철의 아래턱을 강타했다.

순도 100%의 정타가 급소 중의 급소인 아래턱을 날려 버린 것이다.

"커어억……!"

김병철의 눈이 뒤집혔다.

그가 하얀 게거품을 문 채 뒤로 쓰러졌다.

쿠웅!

대(大)자로 뻗은 꼴이 우스웠다.

싸움을 지켜보던 금성고 학생들은 공포 영화를 본 것처럼 얼어붙었다.

그러나 최치우는 만족하지 않았다.

그는 이런 양아치들의 습성을 누구보다 잘 알고 있었다.

다시 덤빌 생각을 못 하게 확실히 끝장을 봐야 한다.

"후우, 후우우!"

최치우의 몸 상태도 좋지는 않았다.

환생을 하자마자 최악의 몸뚱이로 상승 무공인 맹아일격을 펼쳤기 때문이다.

그래도 반드시 해야 할 일이 남아 있었다.

"앞으로는 내 얼굴만 봐도… 오줌을 지리게 될 거다."

최치우는 쓰러진 김병철의 가슴팍에 걸터앉았다.

곧이어 UFC 파이터가 파운딩을 하는 것처럼 놈의 얼굴에 주먹을 내리꽂았다.

퍽!

김병철의 코에서 쌍코피가 터졌다.

사방이 조용해졌다.

하지만 최치우는 멈추지 않았다.

자신이 환생한 걸 보니 원래 몸의 주인은 오늘 죽을 운명이었다.

어쩌면 쓰러져 있는 김병철에게 맞아서 죽을 운명은 아니었을까.

'최치우, 이제 네가 나고 내가 너다.'

그는 환생하기 전까지 존재하던 스스로의 복수를 대신 해줄 작정이다.

빠악! 퍼억! 퍼퍼퍽!

힘은 빠졌지만 분노가 실린 주먹이 김병철의 얼굴을 난타했다.

그 살벌한 광경에 싸움 구경을 하는 학생들 모두가 공포감을 느꼈다.

"후, 이만하면 됐다."

땀을 한 바가지 쏟아낸 최치우는 오랜만에 살아 있음을 느꼈다.

신이 내린 형벌, 7번째 차원에서의 환생을 즐길 준비가 끝난 것 같았다.

2장

뭔가 다른 차원

마치 아무 일도 없던 것처럼 시간이 흘러갔다.

김병철은 학교를 조퇴하고 친구들의 부축을 받아 병원으로 갔다.

당분간 얼굴을 들고 다닐 수 없는 지경이 됐을 것이다.

최치우는 학교에서 난리가 날 것을 각오했지만, 선생님들은 점심시간의 싸움을 모르는 눈치였다.

어쩌면 알면서도 모르는 척하는 것일 수도 있었다.

적어도 오늘 내로는 싸움의 후폭풍이 불어닥치지 않을 전망이다.

대신 학생들의 태도는 확연하게 달라졌다.

대놓고 괴롭히진 않아도 은연중 최치우를 무시하던 학생들이 다수였다.

김병철이 매점 심부름을 시킬 때 자기 용무를 보태는 놈들도 있었다.

그러나 이제 다들 최치우의 눈치를 보기 바빴다.

최치우가 비록 모래를 차는 임기응변을 쓰긴 했지만, 요행이 아닌 실력으로 김병철을 떡실신시켰기 때문이다.

사각을 파고들어 주먹을 턱에 꽂는 장면은 UFC가 따로 없었다.

더 무서운 건 그다음이었다.

최치우는 쓰러진 김병철의 몸에 걸터앉아 확실하게 마무리를 했다.

웬만큼 독하지 않으면 고등학생들은 상상할 수 없는 일이었다.

금성고 학생들의 뇌리에 최치우가 김병철의 얼굴을 박살 내는 광경이 강렬하게 각인됐다.

불과 몇 시간 전까지 그는 공식 빵셔틀이었다.

하지만 지금은 성질 더러운 일진을 박살 낸, 전교에서 다섯 손가락 안에 드는 주먹으로 인식되고 있었다.

'어느 차원이나 약육강식의 법칙은 똑같군.'

최치우는 팔짱을 끼고 씁쓸한 미소를 지었다.

약해 보이면 도와주기보다는 잡아먹으려 드는 게 짐승의 본능이다.

인간도 그 본능에서부터 자유롭지 못했다.

고차원적으로 발전한 태양계의 지구도 마찬가지였다.

이곳 역시 사람 사는 곳이고, 이제껏 최치우가 경험한 차원들과 비슷한 법칙이 통용되고 있었다.

'우선은 이 차원에 대해 조금 더 알아봐야겠어.'

최치우는 공부의 필요성을 느꼈다.

그가 갖고 있는 지구에 대한 지식은 무척 제한적이다.

공부에 관심이 없는 고등학교 3학년 수준의 지식이 전부였다.

이 정도로도 당장 적응하는 데 큰 문제는 없었다.

그러나 최치우가 만족하기엔 머릿속에 담긴 정보가 한참 부족했다.

그는 언제나 새로운 차원에서 최고의 자리까지 올라가려 노력해 왔다.

세계의 정점에 올라서야만 보다 더 많은 것을 깨달을 수 있기 때문이다.

평범한 사람으로 일생을 살아가면 신의 뜻을 깨우치기 어려울 것 같았다.

물론 지난 여섯 번의 차원에서는 실패했지만 딱히 다른 방법이 없었다.

영혼에 새겨진 타고난 승부욕도 항상 그를 최고의 자리로 이끌었다.

'이 몸과 이 머리로는 갈 길이 멀다.'

최치우는 냉정하게 자기 자신을 평가했다.

고작 같은 학교의 일진 한 명 때려눕혔다고 만족할 수 없었다.

지구라는 차원에서 최강의 인류가 되기까지, 그리하여 신의 원대한 뜻을 깨닫기까지 머나먼 여정을 시작해야 한다.

'여기서는 7이 행운의 숫자로군. 이번만큼은 행운이란 게 따라줬으면……'

최치우는 혼자 깊은 생각의 바다를 헤엄치며 시간을 보냈다.

김병철을 쓰러뜨린 그가 말없이 가만히 앉아 있으니 학생들은 최치우를 더 무서워했다.

그러거나 말거나 시간은 공평하게 흘러가고 있었다.

*   *   *

학교 수업은 해가 지기 전에 끝났다.

야간 자율 학습이 있지만 고3들에게는 선택권이 주어졌다.

학원이나 과외 수업을 위해 야자를 빼먹어도 묵인해 주는 것이다.

1학년, 2학년은 누릴 수 없는 특혜였다.

입시를 목전에 둔 고3이기에 학교에서 최대한 배려를 해준 것이다.

어차피 공부를 포기한 학생들은 억지로 붙잡아 교실에 앉혀놔도 면학 분위기만 흐린다.

덕분에 최치우도 일찍 하교할 수 있었다.

그는 선생님들 사이에서 조용한데 공부 못하는 놈으로 찍혀 있었다.

성적은 중하위권에 특별히 사고를 치지 않는 존재감 약한 학생인 셈이다.

빵셔틀로 고생했다는 건 선생님들이 알 리 없었다.

고3 담당 교사들의 관심은 공부 잘하는 모범생들에게 집중돼 있기 때문이다.

어쨌든 최치우는 야자를 하지 않는 3학년들 틈에 섞여 교문 밖으로 나왔다.

"쟤가 그 최치우지? 빵셔틀."

"들리겠다. 말조심해. 김병철이 턱이랑 코랑 다 박살 났다는데… 너도 잘못 걸리지 말고."

"아, 맞다."

점심시간의 싸움 이야기가 전교를 제대로 휩쓴 모양이다.

우르르 뒤섞여 하교하는 길에 최치우를 의식하는 3학년들이 제법 생겨났다.

최치우는 당연히 그런 학생들은 신경도 쓰지 않았다.

그는 다른 문제에 집중하고 있었다.

다름 아닌 어머니의 존재이다.

링스 월드에서 그는 천애 고아였다.

여섯 번의 차원을 넘나들며 환생을 했지만, 단 한 번도 부모님을 만나본 적이 없었다.

부모라는 존재는 그에게 있어 미지의 영역이었다.

일곱 번째 환생에서도 아버지는 일찍 돌아가셨다.

하지만 어머니와 함께 살고 있다.

원래 최치우는 어머니께 불평과 짜증을 토로하기 일쑤였다.

하루 종일 김밥을 팔며 고생하는 어머니에게 버릇없이 굴면 안 된다는 사실은 잘 알고 있다.

그런데 과연 어떤 아들이 되어야 할까.

온갖 경험과 지식으로 무장한 최치우도 아들 노릇은 해본 적이 없었다.

그렇기에 벌써부터 어색한 것이다.

"나를 낳아주고 키워주는 사람, 나를 위해 모든 것을 희생하는 사람……."

집까지 터벅터벅 걸어가며 어머니의 사전적 정의를 혼잣말로 중얼거렸다.

머리로는 이해가 됐다.

그러나 가슴으로 받아들이긴 어려웠다.

확실한 건 일곱 번째 환생이 이전과는 여러모로 다른 점이 많다는 것이다.

지구라는 세계는 다른 차원보다 훨씬 복잡했고, 처음 주어진 어머니의 존재도 낯설었다.

신이 색다른 기회를 준 것일까, 아니면 더 골탕을 먹이려는 것일까.

최치우는 잠깐 하늘을 올려다보고 빠르게 걸었다.

그의 집은 금성고에서 멀지도 가깝지도 않았다.

빠른 걸음으로 20분이 조금 넘는 거리이다.

보통 학생들은 마을버스를 타겠지만, 최치우는 굳이 걸어서 등하교를 해왔다.

주머니 사정이 넉넉하지 않기에 버스비라도 아껴야 했다.

'버스 세 번이면 김밥이 두 줄이다.'

최치우는 자신도 모르게 버스비와 식비를 계산하고 있었다.

아직 혼란스러운 게 많지만, 일곱 번째 인생의 주인공인 최치우로 동화되어 간다는 뜻이다.

뭔가 다른 차원에서 다른 일상이 펼쳐질 것 같았다.

타닥, 타닥, 타다닥!

조용한 방 안에 키보드 두드리는 소리만 울린다.

최치우는 심각한 표정으로 컴퓨터 모니터를 뚫어져라 바라보고 있었다.

컴퓨터를 다루는 건 전혀 어렵지 않았다.

고등학생이라면 누구나 기본적인 컴퓨터 상식을 알고 있기 때문이다.

게다가 그는 여섯 번째 차원에서 기계화 군단의 엔지니어였다.

기술의 발전 방향이 다르긴 하지만, 지구보다 훨씬 고도화된 문명의 지식을 습득한 상태였다.

여건만 주어지면 언제든 최고 레벨 엔지니어로서 실력을 뽐낼 수 있었다.

'참 다양한 방식으로 과학기술이 발전했어.'

최치우는 구글링을 통해 최신 정보를 빨아들이고 있었다.

기존에 갖고 있는 고등학생 수준의 정보로는 문명이 어디까지 발전했는지 짐작할 수 없었다.

그러나 인터넷과 구글만 있으면 뭐든 알아낼 수 있는 세상이다.

컴퓨터 앞에 앉은 최치우는 마치 스펀지 같았다.

새로운 세상의 지식을 물처럼 흡수하며 뇌의 용량을 어마어마하게 늘리고 있었다.

'이 세계에서는 반드시 영어를 배워야겠군.'

다만 한 가지, 영어를 못한다는 게 아쉬웠다.

대부분의 고급 정보는 영어 원서로 만들어져 있다.

한국어로 번역이 되지 않은 자료가 훨씬 더 많지만 당장은 읽을 방법이 없었다.

구글 번역기로 돌려볼까 해도 완성도가 떨어졌다.

결국 스스로 영어 공부를 하는 게 유일한 해결책 같았다.

'영어, 입시 공부, 그리고 육체 단련까지… 할 일이 정말 태산이다.'

지금의 최치우는 세계의 정점에 올라설 준비가 전혀 안 되어 있었다.

냉정하게 말하면 큰 꿈을 꿀 자격조차 없었다.

하지만 천 리 길도 한 걸음부터라고 했다.

끼이익— 철컥!

그때였다.

현관문이 열렸다.

최치우가 학교에서 돌아와 컴퓨터로 정보를 수집한 지 몇 시간이 지났다.

그사이 일을 마친 어머니가 귀가한 것이다.

"치우 왔니?"

어머니의 음성이 최치우의 가슴에 잔잔한 파문을 만들어냈다.

고단한 노동에 지친 기색이 목소리에 담겨 있었다.

그럼에도 아들을 향한 관심이 느껴졌다.

"네, 어머니."

최치우는 키보드에서 손을 떼고 거실로 나갔다.

작은 방 두 개와 부엌 겸 거실이 좁은 집의 전부였다.

외풍이 심한 오래된 다세대주택이지만 이마저도 감지덕지했다.

거실에서 어머니와 마주친 최치우가 고개를 숙였다.

"다녀오셨어요."

"어? 응… 다녀왔지. 그런데 혹시 어디 아픈 거 아니지?"

어머니는 최치우가 직접 나와 인사를 하자 적잖이 당황한 눈치였다.

거의 몇 년 만에 처음 있는 일이기 때문이다.

최치우는 고등학교에서 빵셔틀이 된 스트레스를 집에서 풀어왔다.

툭하면 어머니께 짜증을 내는 못난 아들이었다.

그런데 오늘은 달랐다.

최치우는 오늘뿐 아니라 앞으로도 다르게 살겠다고 마음먹었다.

어머니와 아들 사이의 사랑, 정. 솔직히 이런 감정을 가슴 깊이 이해하진 못했다.

이제껏 한 번도 부모님을 만나본 적이 없기에 당연한 일이다.

그러나 최소한의 도리가 무엇인지는 알고 있었다.

"안 아파요. 괜찮습니다."

"그래, 그럼 다행이구나. 저녁은 챙겨 먹었니?"

"아, 그러고 보니 아직……."

집에 와서 구글링으로 정보를 습득하는 데 몰입하느라 밥을 깜빡했다.

일단 집중하면 무섭게 빠져드는 것이 최치우의 강점이었다.

어머니는 걱정스러운 얼굴로 고개를 저었다.

"한창때 끼니 거르면 안 되지. 조금만 기다리면 비빔밥 해줄게."

"네, 어머니."

최치우는 자신의 입에서 나오는 어머니라는 말이 영 익숙하지 않았다.

하지만 싫거나 불편하지도 않았다.

그는 가만히 서서 어머니의 모습을 쳐다봤다.

쉬지 않고 일하느라 여기저기 피부가 벗겨진 손, 종일 서 있어서 퉁퉁 부은 다리까지.

고운 얼굴을 한 어머니는 혼자서 최치우를 키우기 위해 세월의 풍파를 정면으로 맞은 것 같았다.

"방에서 쉬고 있으렴."

어머니는 가방을 내려놓고 곧장 싱크대 앞에서 분주하게 움직였다.

열 시간 넘게 김밥을 말았으면 밥 냄새도 맡기 싫어야 정상이다.

그러나 아들의 저녁밥을 차려주기 위해 다시 부엌에 선 것이다.

최치우는 어머니의 뒷모습을 보며 묘한 기분을 느꼈다.

아슬란 대륙에서 대마도사 쿤데라에게 스승과 제자로 예쁨을 받을 때와는 확실히 다른 기분이었다.

'부모님과의 관계가 이런 건가.'

아직은 알 듯 모를 듯했다.

최치우는 방에 들어가지 않고 거실에 서서 계속 어머니를 지켜봤다.

어머니는 금방 비빔밥 한 그릇을 만들었다.

사실 남아 있는 나물에 고추장과 참기름을 넣고 비빈 게 전부이다.

반찬도 김치와 마른 멸치가 고작이었다.

하지만 최치우는 누군가 자신을 위해 밥을 해줬다는 것 자체가 고마웠다.

세상에 당연한 것은 하나도 없고 감사할 일은 너무 많다.

"잘 먹겠습니다."

"물도 마시고 천천히 먹어야 한다."

"네."

식탁에 앉아 숟가락을 뜨는데 맛있을 수밖에 없었다.

최치우는 김병철을 패느라 점심도 걸렀다.

오늘의 첫 끼니이자 환생 후 처음 하는 식사였다.

어머니는 허겁지겁 밥을 먹는 최치우를 흐뭇하게 쳐다봤다.

"천천히 먹으래도."

"맛있어서요."

"오늘 정말 이상하네. 너한테 집밥이 맛있다는 이야기도 다 듣고. 별일 없는 거 맞지?"

최치우는 순간적으로 김병철과 싸운 이야기를 할지 말지 망설였다.

그러나 이내 결정을 내렸다.

"아무 일도 없어요."

"학교생활은? 새로 올라간 반 친구들은 괜찮아?"

"다 괜찮습니다. 3학년이라 학교 다니기도 편합니다."

그는 말하지 않는 쪽을 선택했다.

김병철 이야기를 꺼내면 그동안 빵셔틀로 괴롭힘을 당한 것도 알려질 수밖에 없다.

왠지 모르지만 어머니를 걱정시키고 싶지 않았다.

만약 내일 학교에서 난리가 나면 어떻게든 혼자 감당할 생각이다.

"잘 먹었습니다."

밥그릇을 깨끗하게 비운 최치우가 식탁에서 일어났다.

어머니는 오늘따라 예의 바른 아들을 따뜻한 눈빛으로 감싸 안고 있었다.

"방에서 공부 좀 하다 잘게요."

"공부? 그러럼, 그러럼. 방해 안 할게."

공부한다는 말로 또 한 번 어머니를 놀라게 하고 방으로 들어온 최치우는 의자 대신 바닥에 앉았다.

구글링을 통해 일차적인 정보는 충분히 수집했다.

이제 육체 단련을 위해 조금씩 준비할 차례였다.

문명화된 사회에서도 무력(武力)은 언제나 비장의 무기가 된다.

가부좌를 틀고 앉은 최치우가 두 눈을 감았다.

'이 자세로 앉아 있는 것도 힘들어. 자세가 정말 엉망이었군. 그래도… 밑바닥에서 최고가 되는 게 내 주특기지.'

인간은 누구나 단전과 내공(內功)을 가지고 있다.

어느 세계에나 마나(Mana)가 흐른다.

다만 그것을 느끼고 개발하는 방법이 널리 알려진 차원도 있고 전혀 아닌 차원도 있을 뿐이다.

당연히 최치우가 살아가는 지구는 후자에 속한다.

그렇다고 해서 방법이 없는 것은 아니다.

내공을 키우는 심법, 마나를 활용하는 캐스팅, 모두 최치우의 머릿속에 생생하게 담겨 있었다.

　'이 몸으로 마나를 느끼는 건 불가능해. 우선 내공을 쌓고 단전부터 키우자.'

　최치우는 어떻게 육체를 단련할지 방향을 정했다.

　좁쌀만 한 단전을 키우는 게 먼저이다.

　현재의 상태로는 무림에서 손꼽히는 심법을 운용하는 것도 불가능했다.

　기초적인 도인법으로 몸의 탁기를 제거하고 단전이라는 그릇을 깨끗하게 만드는 것이 첫 번째 단계이다.

　첫 스텝만 밟아도 평균 이하인 최치우의 심신(心身)은 눈에 띄게 달라질 것이다.

　'조급해하지 말자. 서두르다가 주화입마라도 걸리면 이 세계에선 답이 없다.'

　최치우가 처음 선택한 도인법은 달마역근경(達磨易筋經)이었다.

　소림사 무술의 기초를 닦은 전설적인 승려 달마가 창안한 도인법으로 심신을 단련하는 데 적합한 기초 무공이다.

　게다가 경지가 깊어지면 자연스레 상승 무공으로 이어진다.

　그는 이태민으로 살아갈 때 소림사를 구해주고 여러 비급을 볼 수 있는 기회를 얻었다.

　그 덕을 이렇게 현생에서 톡톡히 보게 될 줄은 몰랐다.

　"시작해 볼까?"

기분 좋게 혼잣말을 읊조린 최치우는 가부좌를 풀고 일어섰다.

달마역근경은 온몸에 기가 흐르게 만드는 체조이기에 움직이며 수련해야 한다.

좁은 방 안에서 팔다리를 움직이기 시작한 최치우의 표정은 무척 진지해 보였다.

내일 학교에서 무슨 일이 일어날지는 내일 고민하면 된다.

오늘, 바로 지금 이 순간에 집중하는 것이 그가 수많은 차원에서 최고의 인간이 됐던 비법이다.

그 비법은 현대의 지구에서도 똑같이 적용되고 있었다.

날이 밝았다.

무진장 길게 느껴진 환생 첫날이 지나가고 두 번째 해가 떠오른 것이다.

단 하나의 태양이 푸른 하늘을 환하게 밝히고 있었다.

어머니는 최치우보다 일찍 일어나 김밥 가게로 출근하셨다.

거실로 나오니 식탁 위에 토스트 두 쪽이 놓여 있다.

새벽같이 출근하면서도 아들이 아침을 거를까 염려하는 어머니의 마음이 전해졌다.

최치우는 토스트로 배를 채우고 간단히 씻었다.

그는 세수를 하며 거울 속에 비친 자신의 얼굴을 바라봤다.

강인한 영혼이 깃들어 맹하던 눈빛이 맑고 뚜렷해졌다.

눈빛만 변해도 인상이 달려진다.

최치우는 물기 묻은 손으로 자신의 눈, 코, 입을 천천히 어루 만졌다.

이만하면 나쁘지 않은 얼굴이다.

연예인처럼 잘생긴 건 아니지만 딱히 흠잡을 구석도 보이지 않았다.

자신감을 갖고 살지 못할 이유가 없는 것이다.

"허약한 육체는 단련하면 되고, 부족한 지식은 채우면 되고, 허우대도 멀쩡하고…… 빵이나 나르면서 허송세월할 수는 없 지."

말에는 힘이 있다.

인생은 결국 말하는 대로, 자기 자신이 믿는 대로 풀리는 것 인지도 모른다.

최치우는 아침부터 스스로에게 힘을 불어넣었다.

이윽고 교복을 입은 그가 집 밖으로 나섰다.

낡은 다세대주택이 모여 있는 동네를 벗어나 학교까지 걷고 또 걸었다.

최치우는 오늘 또한 어제만큼 순탄치 않을 거라고 예상했다.

김병철은 악질적인 일진이지만 어쨌든 같은 학교 학생이다.

게다가 잘나가는 부잣집 아들이라고 들었다.

그런 놈을 두들겨 패서 병원에 보냈으니 조용히 넘어갈 리 없을 것 같았다.

어제 곧바로 사달이 안 난 것만 해도 운이 좋았다.

'내가 저지른 일은 내가 책임을 져야지.'

걱정은 됐지만 두렵지는 않았다.

어머니가 알게 되는 게 걱정스러울 뿐, 선생님에게 혼나고 학교에서 징계를 받는 게 겁나는 것은 아니었다.

'정학 처분을 받으면 수련과 공부에 집중할 수 있고, 강제 전학을 가라고 하면 새로운 환경에서 조용히 미래를 준비해야지. 뭐가 어떻게 되든 후회는 없다.'

생각해 보면 고작 주먹 두 방을 먹인 게 전부이다.

턱에 한 방, 코에 한 방.

그동안 최치우가 빵셔틀로 괴롭힘을 당한 것을 생각하면 그만하길 다행이었다.

"어? 쟤, 학교 왔네?"

"쉿! 들겠다. 조용히 해, 인마."

교실에 들어선 최치우는 자신을 쳐다보는 학생들의 시선을 느꼈다.

확실히 어제의 싸움 이후 금성고 학생들은 최치우라는 존재를 강하게 인식하고 있었다.

수많은 학생들이 구경하는 가운데 김병철을 통쾌하게 쓰러뜨렸으니 그럴 만도 했다.

직접 현장을 보지 못한 학생들은 최치우의 숨겨진 싸움 실력을 소문으로 들었다.

소문 속 최치우는 격투기 선수처럼 김병철을 원 펀치로 제압하고 쓰러진 놈에게 무자비하게 최후의 일격을 날렸다.

원래 소문은 부풀려지게 마련인데, 최치우가 워낙 압도적인 싸움을 했기에 더 이상 과장될 것도 없었다.

"근데 그렇게 싸움을 잘하는데 왜 이때까지 빵셔틀로 살았을까?"

"모르지. 격투기 체육관에서 절대 싸우지 말라고 했을 수도 있고. 알고 보면 선수 준비라도 하는 거 아냐?"

"헐! 소름이다, 소름. 나 재한테 심부름 시킨 적 한 번도 없는데 완전 다행인 거 아니냐."

"아, 씨. 나는 김병철이 시킬 때 서너 번 부탁한 적 있는데… 어떡하지?"

"뭘 어떡해? 그냥 눈도 마주치지 말고 죽은 듯이 있어."

같은 반 친구들의 수군거리는 소리가 다 들렸다.

어제부터 달마역근경으로 수련을 시작했다고 그새 감각이 한층 예민해져 있었다.

드르르륵—

그때 교실 문이 열리고 담임선생님이 들어왔다.

정년퇴직을 앞둔 담임은 권태에 찌들어 학생들에게 아무 관심이 없는 양반이었다.

"최치우."

"네."

담임이 오자마자 최치우를 불렀다.

최치우는 각오했다는 듯 담담하게 손을 들었다.

"따라와라. 다른 학생들은 1교시 시작할 때까지 조용히 자습하고 있고, 떠드는 놈 명단은 반장이 적어서 제출하고. 알겠나?"

"예!"

학생들이 한목소리로 대답했다.

최치우는 자리에서 일어나 담임의 뒤를 따라갔다.

말없이 복도를 걸어가던 담임은 상담실을 저만치 앞두고 잠깐 멈춰 섰다.

"김병철을 때렸다면서? 병철이 어머님이 오셨다."

"……."

"듣자 하니 김병철이가 평소에 애들을 많이 괴롭혔다지? 이왕이면 서로 일 크게 만들지 말고 조용히 덮자."

담임이 의외의 말을 꺼냈다.

건조한 목소리로 사건을 적당히 무마하자고 한 것이다.

대충 이해는 됐다.

정년을 앞두고 자기 반에서 폭력 사건이 일어났다면 좋을 게 하나도 없다.

골치만 아프고 경력에도 흠이 생긴다.

최치우를 위해서가 아니라 담임의 보신(保身)을 위해 싸움을 적당히 무마하려는 것이다.

담임의 무감정하고 사무적인 태도가 최치우에게 도움이 될 것 같았다.

최치우는 담임의 눈을 마주 보고 고개를 끄덕였다.

그리고는 속으로 생각했다.

'역시 이번 차원은… 참 복잡하고 재밌는 세상이야.'

　　　　　*　　　　　　*　　　　　　*

상담실에서 한바탕 난리가 났지만, 담임은 우직하게 자신의 뜻을 관철시켰다.

김병철의 어머니는 최치우를 가만두지 않겠다며 길길이 날뛰었다.

명품 로고가 큼지막하게 박힌 옷을 걸치고 온 그녀는 최치우의 뺨이라도 올려붙일 기세였다.

최고 수준의 징계를 내리지 않으면 학교를 매장시키겠다는 악담도 서슴지 않았다.

하지만 말년을 평탄하게 보내려는 담임의 의지는 그보다 더 강했다.

"어머님, 죄송하지만 병철이가 평소 학생들을 많이 괴롭힌 모양입니다만……"

사실상 협박이나 다름없었다.

만약 싸움 문제를 공론화하면 김병철의 생활기록부에 폭력 가담자임을 적겠다고 사인을 준 것이다.

김병철의 어머니는 씩씩거리면서도 물러설 수밖에 없었다.

그녀는 최치우를 노려보며 잊지 못할 명언을 남겼다.

"우리 병철이 아버지가 누구인지 모르지? 시의원이야, 시의원! 너 아주 운 좋은 줄 알아. 밑바닥 인생이라 봐주는 거니까."

순간 최치우는 자리를 박차고 일어나 막말을 쏟아내는 아줌마에게 맹아일격을 날릴까 갈등했다.

그러나 어머니의 얼굴이 떠올랐다.

지금도 김밥을 말고 있을 어머니, 이른 아침에도 토스트를 구워놓고 나간 어머니 생각이 그를 붙잡았다.

"병철이 어머님, 말씀이 너무 심하십니다."

담임이 나서면서 불쾌한 만남은 끝이 났다.

알고 보니 김병철은 턱뼈가 골절되고 코뼈에 금이 갔다고 한다.

이만하면 최치우가 아무 처벌을 안 받게 된 것은 기적이었다.

그렇다고 담임에게 고마운 마음이 들지는 않았다.

평소에는 전혀 관심이 없다가 자기 안위 때문에 나선 사람이기 때문이다.

"겨우 덮었으니까 졸업할 때까지 조용히 지내라."

상담실에서 나온 최치우는 담임의 당부를 듣고 아무 대답도 하지 않았다.

대신 그는 무표정한 얼굴로 김병철의 어머니를 노려봤다.

두고 보자는 말 따위를 할 필요는 없었다.

최치우의 이글거리는 눈빛이 말보다 강한 메시지를 전달하고 있었다.

'언젠가 반드시 오늘 뱉은 말을 후회하게 만들어준다, 못생긴 아줌마.'

김병철의 어머니도 마지막 순간 최치우가 뿜어낸 눈빛에 위축된 것 같았다.

최치우는 혼자 복도 반대편으로 걸어갔다.

그는 반으로 돌아가며 많은 생각을 했다.

'다른 차원에서는 무력이 제일 중요했지만 여긴 확실히 달라. 돈, 명예, 인맥, 사회적 지위, 이 모든 것이 무력만큼, 아니, 무력보다 더 중요해. 이 세계의 정점이 되기 위해서는 준비할 것도, 갖춰야 할 것도 많다. 그래야 다시는 저런 인간에게 무시당하지 않겠지.'

김병철을 두드려 팬 건 단순한 신고식이 아니었다.

이 사건을 통해 최치우는 자신이 무엇을 추구해야 할지 생생하게 체감했다.

김병철의 어머니는 그 기폭제 역할을 했을 따름이다.

꽈악!

최치우는 3학년 1반 문 앞에서 손이 빨개지도록 주먹을 강하게 쥐었다.

그는 이 세상의 밑바닥에 위치해 있었다.

분하지만 부정할 수 없는 사실이다.

하지만 바닥이기에 앞으로 높이 올라갈 일만 남았다.

최치우의 눈동자가 한층 깊어지고 짙어졌다.

평범한 고등학생 눈이라고는 믿기 힘들었다.

담임은 조용히 지내라고 했지만, 남은 고3 생활이 파란만장할 것 같았다.

3장

금성고, 접수

공부를 재미로 하는 사람이 있을까.

아마 전국을 통틀어도 다섯 손가락을 채우기 힘들 것이다.

열심히 하는 것, 잘하는 것과는 다르다.

수많은 고3 중에서 공부 자체를 즐기는 학생은 거의 없다.

대부분 마지못해 죽기 살기로 공부를 한다.

그러나 최치우는 공부에 재미를 붙였다.

고3이 되기 전까지 조용하고 공부 못하는 학생이던 그에게 대반전의 시간이 찾아왔다.

최치우는 새로운 세상의 지식을 알아가는 게 너무너무 재밌었다.

그가 경험한 어떤 차원과도 비교할 수 없을 정도로 지구의 역사는 방대했고 다양한 영역에 걸쳐 학문이 발전해 있었다.

최치우는 특히 세 과목에 광적으로 몰입했다.

바로 영어, 세계사, 그리고 수학이었다.

영어는 인터넷에 떠도는 지식을 빨아들이기 위해 필수적으로 배워야 하는 언어이다.

세계의 역사는 그의 탐구심을 자극하며 지구라는 차원에 대한 이해도를 높여준다.

수학이라는 과목은 다소 의외의 선택일 수도 있지만, 최치우가 아슬란 대륙에서 유일하게 현자 클래스를 정복한 마법사였다는 걸 생각하면 그리 놀랍지 않은 일이다.

마법은 마나와 수식의 결합으로 발현되는 기적이다.

고위 마법일수록 복잡한 수식을 순식간에 해석해야 캐스팅이 완료된다.

최치우는 고3 학생들이 배우는 수리 탐구보다 훨씬 고난도의 수학을 이미 마스터하고 온 것이다.

그렇기에 수학 진도가 빨리 나가고 재미를 붙이는 게 당연했다.

학교에서는 그가 공부에 빠졌다는 사실을 몰랐다.

수업을 집중해서 듣기는 하지만 질문을 하거나 관심을 끌지 않았기 때문이다.

1학기 중간고사를 치기 전이기에 그는 여전히 조용하고 공부 못하는 학생으로 인식되고 있었다.

다만 최치우는 체육관에서 격투기 선수를 준비 중인 위험한 인간이라고 소문이 났다.

김병철을 박살 낸 다음 누구도 그를 건드리지 않았다.

하루에도 여러 번 매점을 들락거리며 심부름을 하던 빵셔틀 최치우는 학생들의 기억 저편으로 사라졌다.

평소 김병철과 친하게 지내던 일진들이 벼르고 있다는 말이 돌았지만, 최치우가 그런 풍문을 신경 쓸 리 없었다.

그는 바닥에 위치한 자신을 업그레이드하기 바빴다.

그렇게 2주라는 시간이 훌쩍 지나갔다.

최치우는 하루하루를 금쪽같이 썼다.

해가 떨어질 때까지는 학교에서 지식을 쌓았고, 집으로 돌아와서는 달마역근경을 수련했다.

달마역근경은 몸의 탁기를 배출하는 동시에 육체도 단련시키는 도인법이다.

덕분에 조금이나마 내공이 쌓였고, 몸 안이 깨끗해지며 기초 체력이 잡히기 시작했다.

어머니가 퇴근하고 돌아오는 늦은 밤에는 달마역근경을 수련하기 어려웠다.

혹시라도 어머니가 방문을 열면 들킬 수 있기 때문이다.

대신 밤 시간에는 인터넷이라는 광활한 세계를 헤엄치며 온갖 정보를 마구잡이로 흡수했다.

최치우는 무력만으로 이 세계의 정점이 될 수 없다는 것을 깨달았다.

그렇다고 고3 학생이 당장 재력이나 명예를 추구하기도 어려왔다.

그러나 언젠가는 반드시 결정적인 기회가 찾아올 것이다.

아니면 기회를 만들기라도 해야 한다.

그러기 위해선 평소에 만반의 준비를 해놓을 필요가 있었다.

이렇듯 버리는 시간 없이 하루를 아껴 쓰니 시간이 빠르게 느껴질 수밖에 없었다.

"어? 병철이다!"

"야, 야! 병철이 다시 학교 나왔어!"

언제나처럼 교과서를 펼치고 집중하고 있는 최치우의 귓가로 학생들의 웅성거림이 들렸다.

그에게 맞아 죽사발이 된 김병철.

금성고를 대표하는 양아치가 다시 학교로 돌아온 것이다.

2주가 흘렀으니 꽤 오래 병가를 낸 셈이다.

최치우는 자연스레 고개를 들었다.

교실 앞문으로 김병철이 인상을 잔뜩 찌푸리고 들어오는 게 보였다.

"가관이군."

최치우가 저도 모르게 혼잣말을 내뱉었다.

김병철은 아래턱과 콧잔등에 보호대와 붕대를 붙이고 있었다.

저런 꼴을 만들고도 징계를 안 받았으니 운이 정말 좋았다.

"뭘 봐? 구경났냐, 새끼야?"

김병철이 같은 반 아이들을 이리저리 째려보며 걸어왔다.

턱이 나가서 발음이 샜지만 여전히 성질머리가 더러운 건 똑같았다.

최치우는 같은 반 학생들에게 특별히 친밀감을 느끼지 않았다.

하지만 애들이 김병철에게 겁을 먹은 모습은 더 보기 싫었다.

"김병철."

그가 낮게 깔린 목소리로 김병철을 불렀다.

그러자 일부러 시선을 피하고 있던 김병철이 움찔 놀라는 게 보였다.

"조용히 들어가서 앉아라. 나대지 말고."

무엇보다 강력한 경고였다.

김병철은 트라우마가 남았는지 최치우를 제대로 쳐다보지 못했다.

대신 고개를 푹 숙이고 자기 자리를 찾아갔다.

순간 반 안의 아이들이 최치우를 바라봤다.

단순히 싸움을 잘하는 왕년의 빵셔틀이 아니었다.

방금 전 그는 분명 같은 반 친구들을 지켜준 것이다.

최치우를 바라보는 학생들의 눈빛에는 동경과 고마움이 섞여 있었다.

일제히 집중된 시선을 받은 최치우도 그런 기운을 감지했다.

'나쁘지 않은데?'

세상을 구한 것도 아니고 나라를 지킨 것도 아니다.

그저 같은 반 학생들이 욕먹는 걸 막아준 게 전부였다.

그런데도 아이들은 마치 영웅을 보듯 최치우를 쳐다봤다.

강해지는 게 꼭 나쁜 것만은 아니었다.

최치우는 아주 간단한 사실을 깨달았다.

이전 환생에서는 주로 생존 자체가 목적인 극악한 현실에 처했다.

그래서 강해지는 족족 마주치는 적들을 죽이기 바빴다.

그러나 비교적 평온한 일상이 주어지자 또 새로운 경험을 할 수 있었다.

일곱 번이나 환생을 했지만 여전히 배울 게 많았다.

'이번 환생은… 나쁘지만은 않아.'

최치우는 다시 교과서로 눈길을 돌리며 생각했다.

이렇게 색다른 인생을 살게 될 줄은 몰랐다.

공부도 재밌고 삶도 재밌었다.

*　　　　　　*　　　　　　*

3학년 1학기 중간고사를 쳤다.

고3에게 내신 시험은 크게 중요하지 않았다.

수시는 2학년까지의 성적 반영 비율이 높고, 정시를 노리는 학생은 내신보다 모의고사를 더 신경 쓴다.

그래서 고3 시험은 이제까지 얼마나 공부를 잘했는지 기초 지식에 따라 성적이 갈린다.

고3 때 갑자기 시험을 잘 치거나 못 치는 경우가 드물다는 뜻이다.

그만큼 최치우의 급부상은 예외이고 이변이었다.

2학년까지 최치우는 반에서 20등 안에 든 적이 없었다.

한 반에 30명이 모여 있으니 항상 하위권에 머물렀던 것이다.

그런데 3학년 첫 중간고사에서 2등을 했다.

반에서 2등, 전교로 따지면 15등 안에 들었을 확률이 높다.

학생들은 그가 김병철을 박살 냈을 때보다 훨씬 더 놀랐다.

선생님들은 아예 경악했다.

투명인간 같던 최치우가 갑자기 전교권에서 놀게 됐으니 순순히 믿기 힘들었다.

시험지 유출과 같은 부정행위가 없었는지 철저하게 조사했지만 헛짓거리였다.

최치우는 개학 후 2달 만에 완전히 다른 사람이 돼 있었다.

싸움으로도, 공부로도 전교생의 주목을 받는 존재로 다시 태어났다.

사실 자신조차 시험 성적을 기대하지 않았다.

시험을 위해서가 아니라 정말 즐거워서 공부에 빠져들었기 때문이다.

어쩌면 그게 비결인지도 모른다.

탁기를 배출하며 맑아진 몸과 정신, 엄청난 기억과 이해력도 분명 도움이 됐다.

하지만 이 세계에 적응하며 공부에 재미를 붙였다는 게 결정적이었다.

시험 성적을 확인한 최치우는 우쭐거리지 않았다.

그는 얼른 집에 가서 어머니에게 이 기쁜 소식을 알려주고 싶었다.

효도라는 개념이 아직 생소했지만, 어쨌든 처음으로 칭찬받을 일을 해낸 것 같았다.

반에서 2등을 한 것보다 어머니를 웃게 할 수 있다는 사실이 더 기분 좋았다.

일신 우일신(日新 又日新), 옛말 그대로 최치우는 매일매일 새로워지고 있었다.

중간고사가 끝나고 최치우는 김병철을 쓰러뜨렸을 때만큼 주목을 받았다.

믿기 힘든 성적 상승에 놀란 선생님들이 수업 시간마다 들어와서 최치우가 누구냐고 찾았기 때문이다.

편안한 정년 퇴임이 목표인 담임도 깜짝 놀랐다.

김병철 사건을 무마하는 데 앞장섰던 담임은 한결같이 최치우에게 관심이 없었다.

그런데 성적이 나온 뒤에는 태도가 달라졌다.

은근슬쩍 칭찬을 하며 기대감을 드러낸 것이다.

담임은 자기 반에서 몇 명을 좋은 대학에 보냈는지의 수치로 한 해 농사를 판단한다.

지극히 구시대적인 관점이지만, 애초에 그런 양반이니 어쩔 수 없었다.

전혀 기대도 안 하던 최치우가 송곳처럼 튀어나왔으니 담임이 좋아하는 건 당연했다.

인 서울 대학에 한 명을 더 집어넣을 가능성이 보였기 때문이다.

그러나 주목을 받는 것이 최치우에게는 마냥 좋지만은 않았다.

시기와 질투는 인간의 본성이다.

빵셔틀이 싸움을 잘하는 걸로도 모자라 공부까지 잘하게 됐다. 그것도 갑자기.

처음에는 그를 동경하던 시선이 차차 불만스럽게 바뀌기 충분했다.

중간고사가 끝날 때까지 숨죽이고 있던 3학년 일진도 본격적으로 움직였다.

김병철이 망신을 당했을 때부터 낌새는 있었다.

툭!

복도에서 낯선 학생이 어깨를 부딪쳐 왔다.

최치우는 개의치 않고 계속 걸어갔다.

하지만 뒤에서 노골적인 적의가 느껴졌다.

"어이, 최치우!"

이름까지 부르니 멈춰 설 수밖에 없었다.

3학년 교실 복도가 조용해졌다.

쉬는 시간을 맞아 시끄럽게 뛰어다니던 학생들이 둘을 쳐다보고 있었다.

최치우는 등을 돌려 상대를 확인했다.

키는 작지만 허벅지가 보기 싫을 정도로 두꺼운 놈이 서 있었다.

"뭐?"

최치우는 귀찮다는 듯 퉁명스레 대답했다.

솔직히 말해 고등학생들의 일진 놀이에 끼어들고 싶지 않았다.

김병철은 패야 하는 놈이라서 팼다.

그러나 다른 일진과는 굳이 싸울 필요가 없었다.

물론 최치우의 입장과 금성고 3학년 일진들의 입장은 다르다.

놈들은 그래도 친구인 김병철이 처참하게 당했으니 복수를 해주려는 것 같았다.

"오늘 학교 마치고 같이 좀 가자."

의도는 뻔했다.

최치우는 눈앞의 상대가 전혀 겁나지 않았다.

환생 첫날과 두 달이 지난 지금은 몸 상태가 많이 달라졌다.

꾸준히 달마역근경을 수련하며 내공과 외공 모두 기초를 잡고 있었다.

그렇기에 김병철을 상대로도 긴장해야 하던 때와는 달랐다.

"후."

최치우가 짧게 한숨을 뱉었다.

그는 눈을 똑바로 뜨고 질문을 던졌다.

"넌 이름이 뭐냐?"

"3반의 유강수다."

"체격이 운동부 같은데?"

"유도부다."

"그래, 유도부. 아무튼… 김병철 때문에 나서는 거겠지?"

유강수가 부인하지 않고 고개를 끄덕였다.

최치우는 심플하게 결정을 내렸다.

대충 넘어갈 일이 아니었다.

아무래도 조용히 학교를 다니려면 금성고 전체를 접수해야 할 것 같았다.

원하는 바는 아니지만 군이 피하려 애쓸 이유도 없었다.

'아직 피지컬도 엉망이고 이제 막 적응하는 단계지만… 주니어 리그에서 몸을 푼다고 생각하는 것도 괜찮겠군.'

최치우가 피식 웃음을 터뜨렸다.

무림에는 후기지수(後起之秀)라는 개념이 있다.

젊고 뛰어난 신인을 뜻하는 말로, 후기지수 사이에서도 뛰어난 무인들은 칠룡(七龍)이나 오봉(五鳳)으로 불렸다.

절세신룡 이태민도 후기지수를 제패하고 천하제일검으로 성장한 바 있다.

피 튀는 무림의 후기지수와 고등학교 일진을 비교할 수는 없다.

하지만 묘하게 겹치는 부분이 있어 재밌었다.

그러나 유강수는 최치우의 미소를 비웃음으로 받아들였다.

"웃기냐? 웃어?"

분위기가 한층 험악해졌다.

그럼에도 최치우는 계속 미소를 머금은 채 대답했다.

"알았다. 대신 하나만 약속해."

"무슨 약속?"

"일일이 상대하기 귀찮으니까 한 번에 다 모여서 와. 이참에 싹 다 정리하게."

대담한 도발이었다.

최치우의 말을 들은 유강수는 말을 잃었다.

설마 금성고 3학년 일진을 다 데려오라고 할 줄은 몰랐던 것이다.

최치우는 괜한 오기를 부리는 게 아니었다.

주니어 리그에서 오래 시간 끌고 싶지 않았다.

깔끔하게 금성고를 접수하고 남은 시간을 평탄하게 보내고 싶었다.

공부와 육체 단련 등 할 일이 무척 많기 때문이다.

"후회하지 마라."

유강수가 제 딴에는 위협적으로 말했다.

최치우는 대수롭지 않게 여기며 다시 등을 돌렸다.

그는 교실로 돌아가며 더욱 짙은 미소를 지었다.

'너네는 두 달 전에 찾아왔어야 해. 지금 이빨을 드러낸 건

실수다.'

두 달은 무척 짧은 기간이지만 일곱 차원에 걸친 경험과 지식을 갖춘 최치우의 성장 속도는 상상을 초월했다.

그는 원하지 않았지만, 본의 아니게 금성고를 제패하게 될 것 같았다.

＊　　　＊　　　＊

최치우는 늘 그렇듯 보충수업이 끝나자마자 가방을 챙겼다.

그는 한 번도 야간 자율 학습을 하지 않았지만, 담임선생님은 눈치를 주지 않았다.

중간고사 성적이 잘 나온 이후 한결 학교 다니기가 편해졌다.

어린 학생들이 모인 학교에서도 사회의 법칙은 냉정하게 적용되고 있었다.

싸움이든 공부든 잘하는 만큼 대접받는 것이다.

저벅저벅.

기형적으로 생긴 운동장을 지나쳐 교문에 이르자 유강수가 보인다.

유강수 옆에는 각자 다르게 생긴 세 명이 더 서 있었다.

이미 얻어터진 김병철을 포함해 다섯 명이 금성고를 주무르는 일진인 것 같았다.

"가자."

유강수가 대뜸 입을 열었다.

최치우는 한 명, 한 명을 돌아보며 태연하게 물었다.

"어디로?"

"조용한 데로 가야지. 왜, 겁나나?"

"뒷감당은 너네가 해라."

최치우는 4 대 1의 싸움이 될지도 모르는데 쫄지 않았다.

한 명씩 돌아가며 네 번 싸우든 한 번에 네 명과 붙든 평범한 고등학생이 이기는 것은 불가능하다.

그러나 믿는 구석이 있었다.

배짱 넘치는 최치우의 태도에 나머지 세 명도 약간 놀란 기색이다.

"앞장서."

최치우가 지시를 내렸다.

마치 벌써 금성고를 제패한 것 같은 기세였다.

네 명은 불만을 억누르고 앞서 걸어갔다.

좁은 골목을 몇 개 통과하니 인적 드문 공터가 나왔다.

공원으로 개발하다 방치된 곳이었다.

공터에 도착한 최치우는 책가방을 땅에 내려놓았다.

유강수와 일진도 가방을 놓고 고개를 까딱거리고 있다.

'느낌이… 안 좋은데.'

그런데 묘하게 거슬리는 기분이 들었다.

단순히 기분 탓이 아니었다.

두 달 동안 조금씩 내력을 쌓으며 감각을 단련했기에 예사로 넘길 수 없었다.

찌릿!

최치우가 공터 구석, 커다란 나무로 시야가 가려진 쪽을 노려봤다.

"유강수, 이야기가 다르다?"

"뭐, 뭐? 뭐가?"

유강수의 얼굴이 당황으로 물들었다.

최치우는 그를 똑바로 쳐다보며 정곡을 찔렀다.

"저기 숨어 있는 사람들, 니가 불렀잖아."

유강수가 주춤주춤 뒤로 물러섰다.

최치우의 몸에서 싸늘한 냉기가 뿜어졌기 때문이다.

그때였다.

짝짝짝!

박수 소리가 울렸다.

나무 뒤에 숨어 있던 두 명이 모습을 드러내며 손뼉을 쳤다.

"역시 대단해! 강수 말로는 격투기를 배운 것 같다고 하던데 신경이 아주 예민하구만."

짧은 머리의 중년인이 가까이 다가왔다.

그의 뒤에 선 젊은 남자는 중년인을 수행하는 것처럼 보였다.

"아저씨, 뭡니까?"

"내가 강수한테 부탁했어. 학교에 격투기를 배운 것 같은 강적이 등장했다기에 직접 확인하려는 것이지. 다른 뜻은 없으니 걱정 말고."

"다 큰 어른이 애들 싸움을 구경하겠다는 거군요."

"그렇게 말하니 참 거시기하구만. 틀린 말은 아니지. 대신 차이가 있어."

중년인이 한쪽 눈을 찡긋거렸다.

남자답게 생긴 인상과 달리 유들유들한 말투가 독특한 캐릭터였다.

그는 주머니에서 지갑을 꺼냈다.

"착! 착! 착! 착! 네 명이니까 400만 원. 자네가 싸우기만 하면 이 돈을 주지. 아무런 조건 없이. 이만하면 어른이 애들 싸움 구경하는 값으로 충분한 거 아닌가?"

중년인이 지갑에서 100만 원짜리 수표 넉 장을 꺼냈다.

고등학생은 상상하기 힘든 액수의 돈이다.

최치우를 떠나 유강수와 금성고 일진들의 표정이 변했다.

"배, 배, 백만 원! 원래 싸움 한판에 10만 원 아니에요?"

유강수는 중년인과 인연이 있는 듯했다.

이전에도 돈을 받고 싸운 모양이다.

중년인이 실실 웃으며 대답했다.

"원래는 그렇지. 하지만 이 친구는 내가 숨어 있는 걸 알아냈으니 상을 줘야지. 게다가 내 촉이 간만에 대물을 봤다고 말하고 있거든."

"그럼 우리는요?"

"저 친구한테는 무조건 400을 주고 너네는 이기면 400을 준다. 됐지?"

"네!"

유강수가 우렁차게 대답했다.

일진 셋도 눈이 빨갛게 달아올랐다.

최치우를 이기면 400만 원을 받게 된다.

한 사람씩 나눠도 무려 100만 원이라는 거금을 받게 되는 것이다.

이미 김병철의 복수는 안중에도 없었다.

유강수와 아이들은 돈 때문에 싸울 의욕이 활활 타올랐다.

"뭐 하는 사람인지 모르겠지만 기분 더럽네. 돈으로 애들 싸움이나 시키고."

최치우는 달랐다.

그는 중년인을 노려보며 불만을 내뱉었다.

집안 형편이 어렵지만 400만 원이라는 큰돈을 보고도 혹하지 않았다.

그런 모습마저 중년인의 흥미를 자극했다.

"첫 만남에 오해가 생겼지만, 시원하게 한판 붙고 나서 차차 풀도록 하지. 아까 말한 것처럼 우리는 구경만 할 테니 걱정은 말아."

중년인이 손에 든 수표를 펄럭이며 뒤로 물러섰다.

그를 수행하는 젊은 남자도 함께 움직였다.

"각오해라, 최치우."

고개를 돌린 최치우는 유강수와 일진의 표정을 확인했다.

바이러스에 감염된 좀비처럼 돈을 위해 물불을 안 가리는 모습이다.

말로 타이르긴 늦었다.

중년인 덕분에 놈들의 투지는 최고조로 치솟았다.

반드시 최치우를 이기고 400만 원을 타겠다는 생각으로 가득 찬 것 같았다.

"진짜 거지같은 상황이군."

최치우의 입에서도 험한 말이 나왔다.

그도 한 번은 넘어야 할 과정이기에 금성고 일진을 정리하려 했다.

하지만 정체도 모르는 어른이 개입해서 애들 눈을 돌게 만들자 입맛이 썼다.

"으아아아ー!"

곰같이 생긴 놈이 제일 먼저 소리를 지르며 덤볐다.

떡대가 웬만한 어른보다 더 컸다.

압도적인 체격으로 일진 노릇을 해온 것 같았다.

그러나 덩치가 크면 그만큼 느리게 마련이다.

타악!

최치우는 달려드는 놈을 옆으로 피하며 발목을 걸어찼다.

상대의 체중을 역이용한 것이다.

"어억!"

순식간에 균형이 무너진 떡대가 비틀거렸다.

최치우는 망설이지 않고 놈의 뒤통수를 냅다 후려쳤다.

퍽!

한 방이면 충분했다.

그대로 고꾸라진 떡대가 축 늘어졌다.

중심을 잃은 상태에서 맞았기에 곧바로 기절한 것이다.

"한 놈 재웠고, 다음!"

싸움이 시작되자 최치우의 피도 뜨거워지기 시작했다.

이유 불문, 벌어진 싸움은 무조건 이기고 봐야 한다.

"빵셔틀이던 새끼가 나대지 마라, 씨발 놈아!"

두 번째 상대는 최치우의 역린을 건드렸다.

빵셔틀이라는 단어를 들은 순간, 최치우는 기다리지 않고 땅을 박찼다.

단전의 내공이 종아리를 빵빵하게 채웠다.

슈우우욱— 퍼억!

화살처럼 쏘아져 명치에 주먹을 꽂았다.

상승 무공인 궁신탄영(弓身彈影)을 펼친 것이다.

위력은 본래의 1할 정도지만 피하거나 막을 틈이 없었다.

눈이 빠르지 않으면 뭐가 어떻게 된 건지 모를 정도였다.

"우우욱… 우웨에엑!"

명치를 얻어맞은 놈은 그대로 구역질을 했다.

오늘 먹은 음식물을 모조리 게워내고 있다.

이제 남은 것은 둘.

눈이 매섭게 찢어진 놈과 유강수다.

아마 금성고 3학년 일진 중에서 유강수가 제일 센 놈 같았다.

"계속 덤벼. 아니면 같이 와도 좋아."

최치우는 아직 여유로웠다.

체력도 펄펄했고 내력을 많이 소모하지도 않았다.

그의 단전에는 엄지손톱 크기의 내공이 고스란히 남아 있었다.

두 달 동안 어렵게 쌓은 내공은 아주 미약하지만, 결정적인 순간 엄청난 무기가 될 것이다.

"먼저 싸워라."

유강수가 마지막 남은 일진은 떠밀었다.

400만 원을 갖겠다는 욕망은 사라지고 녀석의 얼굴에는 최치우를 향한 공포가 서려 있었다.

"괜히 맞지 말고 집에 가. 쪽팔리는 건 잠깐이지만 아픈 건 오래간다."

"어? 나, 나는… 가, 갈게."

세 번째 일진은 최치우의 경고 같은 조언을 받아들였다.

이미 온몸이 얼어붙어 식은땀을 삘삘 흘리고 있었다.

두다다다!

가방을 낚아챈 녀석은 뒤도 돌아보지 않고 달려 공터를 벗어났다.

"너 하나 남았다."

이쯤 되면 유강수도 겁을 먹을 법했다.

하지만 아니었다.

확실히 운동부라 그런지 일진이라고 까불기만 하는 놈들과는 레벨이 달랐다.

유강수는 혼자 400만 원을 먹겠다는 생각인지 눈빛이 달라졌다.

작은 키, 터질 것 같은 허벅지, 튼튼해 보이는 어깨.

유강수의 피지컬은 어디 내놔도 뒤지지 않았다.

'신체 조건으로는 지금의 나보다 월등해.'

최치우는 숨을 길게 들이마셨다.

육체에서 밀리는 부분은 경험과 기술, 내공으로 극복해야 한다.

"많이 설쳤다, 최치우. 더는 못 봐주겠다."

"언제는 봐준 적 있고?"

최치우는 유강수와의 기세 싸움에서 밀리지 않았다.

여기에서 승리하면 주먹으로 금성고를 접수하게 된다.

큰 의미는 없지만 어쨌든 남은 학창 시절을 편하게 보낼 수 있다.

유강수는 뒤쪽으로 물러난 중년인을 한번 쳐다보고 다시 고개를 돌렸다.

최치우를 쓰러뜨리면 친구의 복수, 금성고 일진의 자존심 회복, 게다가 400만 원 획득까지 무려 일석삼조이다.

"흐읍!"

유강수는 짧게 기합을 내질렀다.

유도부 출신답게 쓸데없이 소리를 지르지 않았다.

쿵! 쿵!

자세를 낮추고 다가오는 폼이 제법이다.

빈틈없이 최치우의 시야를 장악했다.

'피하지 말고… 제대로 붙어보자!'

최치우도 호승심이 불타올랐다.

비리비리한 몸뚱어리로 두 달간 수련한 성과를 확인하고 싶었다.

콰아악―!

달려든 유강수가 최치우의 허리와 셔츠를 잡았다.

"끝났어!"

그가 자신만만하게 외쳤다.

유도 선수에게 몸을 내어주면 승부는 보나마나이다.

"읍!"

유강수가 그대로 최치우를 들어 올렸다.

엎어치기로 땅에 패대기치려는 것이다.

아직 부실한 최치우의 몸이 허공에 살짝 떠올랐다.

바로 그 순간, 믿을 수 없는 일이 벌어졌다.

푹― 푹!

"허억……!"

갑자기 유강수가 신음을 흘렸다.

그의 몸에서 힘이 쭉 빠져나갔다.

엎어치기도 하려다 만 꼴이 됐다.

투툭!

최치우는 가볍게 유강수의 손을 털어냈다.

웬일인지 유강수는 움직이지도 않고 가만히 서 있었다.

"정신 똑바로 차리고 살아."

최치우가 훈계와 함께 주먹을 휘둘렀다.

짧은 궤적의 주먹이 유강수의 관자놀이를 강타했다.

퍼억!

유강수는 그대로 기절했다.

주먹에 내공을 담지 않았기에 잠시 쓰러졌다 일어날 것이다.

최치우는 일부러 유강수에게 잡혀줬다.

유도 선수의 파워를 경험해 보고 싶었기 때문이다.

그러다 몸이 넘어가려는 찰나, 손가락에 내공을 실어 혈도를 짚었다.

번개처럼 마혈(痲穴)을 공략한 노림수가 먹혔다.

온몸에 맥이 빠진 유강수는 이유도 모르고 허수아비처럼 당할 수밖에 없었다.

"귀여운 것들."

최치우는 자신이 쓰러뜨린 유강수와 일진을 보고 웃음을 지었다.

딱히 악감정은 들지 않았다.

그는 엉겁결에 일진을 평정하고 금성고를 접수하게 됐다.

덕분에 이제 좀 덜 귀찮게 됐다는 생각이 먼저였다.

짝짝짝짝짝!

그런데 뒤에서 박수 소리가 울려 퍼졌다.

아직 해결해야 할, 어쩌면 일진과는 비교도 안 되게 귀찮을

지 모를 존재가 남아 있었다.

몸을 돌린 최치우가 중년인을 쳐다봤다.

아까보다 확실하게 느껴졌다.

400만 원으로 아이들을 홀린 중년인은 물론 그 옆의 젊은
남자도 이 세계에서는 무시하기 힘든 고수인 게 확실했다.

4장

다재다능

최치우는 집에 돌아와 생각에 잠겼다.

그의 책상 위에는 100만 원 권 수표 넉 장이 놓여 있었다.

정체를 알 수 없는 중년인에게 싸운 대가로 받은 돈이다.

조건 없이 돈을 준다는데 안 받을 이유가 없었다.

무엇보다 실리를 중시하는 최치우이기에 열이 받아서라도 400만 원을 챙겨왔다.

그러나 400만 원 때문에 고민하는 게 아니었다.

자신을 운영자라고 밝힌 중년인의 제안이 머리를 어지럽혔다.

"인터넷 검색해 봐. 파이트 클럽. 국내 최대 규모의 이종격투기, 길거리 싸움 카페. 회원 수가 무려 60만이지."

"관심을 받기 위해 실제로 싸우는 동영상을 찍어서 올리고, 그중에서 재능이 있는 사람은 접촉해서 돈을 준다. 대체 왜 그런 짓을 합니까?"

"선수 발굴과 육성이라는 개념 모르나? 우리 회원 중에 VIP 회원들은 어마어마한 사람들이네. 술, 여자, 도박 모두 다 해본 사람들이라 강렬한 자극을 원하지."

"그래서요?"

"룰이 정해진 스포츠로는 VIP 회원들을 만족시킬 수 없어. 최고의 재능을 가진 길거리 파이터들이 비밀스러운 공간에서 피 튀기는 싸움을 한다면? 싸움 한 판에 걸린 돈이 억 단위라면? 어때? 자네도 흥미가 생기지 않나?"

중년인은 능구렁이처럼 최치우를 유혹했다.

그는 당장 대답을 들으려 하지 않았다.

"천천히 생각해도 좋네. 자네, 최치우라고 했지? 내 촉대로 엄청난 자질을 지닌 것 같으니 바로 무대에 설 수도 있겠어. 이기기만 하면 최소 천만 원을 가져가는 거야. 비밀도 완벽하게 보장될 거고 말이지."

말을 마친 중년인 운영자는 미련 없이 등을 돌렸다.

그를 따르는 젊은 남자도 함께 움직였다.

조만간 다시 최치우를 찾아올 때 원하는 대답을 들을 거라고 확신하는 모양이다.

최치우는 멀어지는 둘의 뒷모습을 오랫동안 지켜봤다.

거액이 오가는 비밀스러운 싸움판.

VIP들의 파이트 클럽은 처음 듣는 이야기였다.

하지만 금방 이해가 되기는 했다.

"무림에도 검투전이 있었고 아슬란 대륙에서는 콜로세움에서 살아남은 전사가 기사 작위를 받기도 했지."

어느 세계에나 맨몸으로 자신을 증명하는 사람들은 존재했다.

그들을 위한 무대, 그들에게 열광하는 사람들도 늘 있어왔다.

조금씩 차이가 있을 뿐 여기도 마찬가지였다.

"모르겠다. 일단 400을 어떻게 할지 생각하자."

최치우는 눈앞의 문제부터 해결하기로 마음먹었다.

그는 중간고사 성적을 어머니에게 알려 드린 날을 회상했다.

반에서 2등을 했다고 알려 드린 순간, 어머니는 이제껏 본 적 없는 환한 미소를 지었다.

그렇게 소녀처럼 기뻐하실 거라고는 최치우도 미처 예상하지 못했다.

하지만 최치우는 어머니가 작게 내뱉은 말을 놓치지 않았다.

"우리 아들, 마음잡고 공부하니 좋은 대학도 갈 수 있겠네. 내가 더 열심히 일해서 아들 대학은 보내줘야지."

불현듯 흘러나온 어머니의 말에는 염려가 담겨 있었다.

최치우는 집안 사정이 나쁘다는 것을 다시 한번 상기할 수밖에 없었다.

하루에 열 시간 넘게 일해도 가난은 쉽게 해결되지 않는다.

빚과 이자는 눈덩이처럼 불어나 생계를 위협한다.

죽도록 김밥을 말아도 살림살이가 나아지는 대신 아들의 대학 학비를 걱정해야 하는 것이다.

하나뿐인 아들이 마음을 잡고 좋은 성적을 냈는데 마냥 기뻐할 수 없는 현실이 너무 무거웠다.

최치우는 그런 어머니의 얼굴을 보며 새삼 돈의 중요성을 느꼈다.

책상 위에 올려진 400만 원은 어머니의 두 달 월급이다.

이 돈을 드리면 어머니에게 큰 도움이 될 것이다.

그러나 어디에서 돈을 벌었는지 궁금해하실 게 분명했다.

상식적으로 고등학생이 하루아침에 400만 원을 벌 수는 없다.

결국 돈을 드려도 어머니의 근심 걱정을 키울 뿐이다.

최치우는 결심을 한 듯 수표 넉 장을 집어 교복 안주머니에 넣었다.

"돈을 벌어야겠다. 나를 위해서, 그리고……."

'어머니를 위해서도'라는 말이 입 밖으로 나오지 않았다.

아직은 쑥스럽고 적응이 안 됐다.

그러나 마음은 뚜렷했다.

매일 아침 자신을 위해 토스트를 만들어두고 나가는 어머니가 더 이상 고생하지 않기를 바라게 됐다.

물론 최치우 본인을 위해서이기도 하다.

이 세상에서 돈은 곧 힘이다.

돈이 없으면 대학을 못 가는 정도로 끝나지 않는다.

아예 사람 취급을 못 받게 될 수도 있었다.

하지만 무슨 수로 고등학생이 돈을 벌 수 있을까.

최치우에게 주어진 시드 머니는 현재 400만 원밖에 없다.

학생에게는 무척 큰돈이지만 사업이나 투자를 하기엔 많이 모자란 액수이다.

그러나 최치우는 크게 걱정하지 않았다.

일단 걸어가면 길이 만들어질 거라고 생각했다.

"돈을 제대로 벌면 영약 같은 게 있는지 알아봐야겠어. 한 방에 내공을 꽉 올리려면 영약이 최고지. 내공을 좀 쌓고 나서 마나도 느껴야 하고……."

그는 벌써 돈을 번 다음에 뭘 할지 상상하고 있었다.

어려서부터 돈을 벌고 무공과 마법을 동시에 익히며 좋은 대학에서 계속 성장해 가는 자신의 모습.

상상만 해도 짜릿했다.

최치우는 일곱 번째 인생을 가장 멋지게 살아보겠다고 다짐했다.

조금씩, 조금씩 기회는 주어지고 있었다.

*   *   *

드르르륵!

최치우가 3학년 3반 문을 열었다.

점심을 먹고 시끄럽게 떠들던 3반 학생들이 소스라치게 놀랐다.

빵셔틀에서 요주의 인물로 떠오른 최치우는 금성고 학생들을 긴장시키는 존재였다.

최치우는 터벅터벅 걸어가 3반 맨 뒷자리로 향했다.

"유강수."

그는 책상에 엎드려 자고 있는 유강수를 깨웠다.

최치우의 목소리를 들은 유강수가 마지못해 얼굴을 들었다.

"무슨 일인데?"

"어제 좀 세게 때린 거 같아서… 내가 갈 때까지 못 일어나길래 죽었는지 살았는지 보려고 왔다."

둘의 대화를 들은 학생들이 웅성거리기 시작했다.

유강수와 일진이 최치우와 한판 붙기로 했다는 건 소문이 파다하게 퍼져 있었다.

그 싸움의 결과가 이렇게 알려졌다.

유도부 출신으로 금성고 일진을 이끌던 유강수가 최치우에게 맞아서 기절을 했다.

도무지 믿기 힘든 사실이지만 빵셔틀 최치우가 금성고를 접수한 것이다.

"……."

유강수는 말이 없었다.

이미 최치우에게 상대가 안 된다는 것을 몸으로 경험했기 때문이다.

최치우가 그의 어깨를 두드리며 말했다.

"앞으로 조용히 지내자. 나는 일진 놀이 같은 거 할 생각도 없고 너네가 애들 괴롭히지만 않으면 관심도 안 가질 테니까."

"알았다."

유강수는 그저 고개를 끄덕일 수밖에 없었다.

곧이어 최치우는 의미심장한 경고를 남겼다.

"그리고 운영자 그 아저씨랑 더 엮이지 마. 너희가 감당할 수 있는 사람이 아냐. 괜히 푼돈 때문에 잘못 엮였다가 피 본다."

"그것도… 알겠다."

유강수는 온순한 아이처럼 고분고분해졌다.

그도 머리가 있다면 파이트 클럽의 위험성을 깨달았을 것이다.

한편, 최치우가 유강수를 다루는 모습을 지켜본 3반 학생들은 쇼크를 받을 수밖에 없었다.

할 말을 다 마친 최치우는 유유히 3반을 빠져나왔다.

최치우의 발걸음은 1반이 아닌 교무실로 이어졌다.

담임선생님과 긴히 이야기할 것이 있었다.

미리 약속을 해뒀기에 담임은 교무실에서 그를 기다리고 있었다.

"그래, 무슨 일로 네가 상담 신청을 했는지 궁금하네."

담임은 중간고사 성적이 나온 이후 호의적인 태도를 보이고 있었다.

최치우는 담임의 눈을 똑바로 쳐다보며 자신의 용건을 말했다.

"이과로 전과하고 싶습니다, 선생님."

"뭐라고?"

담임의 표정이 와락 일그러졌다.

당연한 일이었다.

고3이 다 되어서 갑자기 전과를 하는 경우는 거의 없었다.

이과 학생들은 수능 때 문과 전형으로 시험을 치기도 한다.

훨씬 더 어려운 수리 영역에 부담감을 느끼기 때문이다.

그러나 최치우처럼 문과에서 이과로 가겠다는 학생은 찾아보기 힘들었다.

단순한 선택의 문제가 아니었다.

문과 학생이 이과에서 다루는 어려운 수리 영역과 과학 탐구 과목을 단기간에 따라잡는 것은 불가능한 미션이다.

만약 예전의 최치우가 이런 소리를 했다면 담임은 다짜고짜 싸대기부터 날렸을지 모른다.

하지만 최치우는 지난 중간고사에서 엄청난 성적 상승을 보여줬다.

반에서 2등을 했기에 담임도 인내심을 유지하고 있었다.

"뜬금없이 그게 무슨 소리인지 모르겠다. 너도 이과로 전과하는 게 얼마나 어려운지 알고 있겠지?"

"네, 알고 있습니다."

"그런데도 굳이 이과를 가려는 이유를 말해봐라. 이번에 성적도 잘 나왔는데 계속 유지해야지. 괜히 이과 수업 듣다가 타이밍 놓치면 대학은 어떻게 하려고? 1학년이나 2학년도 아니고 고3인 녀석이 말이야."

"이과 공부도 자신 있습니다. 그동안 틈틈이 준비해 왔습니다."

담임의 눈빛이 변했다.

그는 최치우가 이과 과목을 준비했다는 말을 흘려듣지 않았다.

"중간고사 성적도 그렇고 아무래도 니가 실력 있는 족집게 과외 선생을 만난 모양인데… 그래도 고3 때 이과로 옮기는 걸 허락해 주긴 어렵다."

"제안을 드려도 되겠습니까."

"제안? 무슨 제안?"

"다음 모의고사에서 이과 영역 시험을 치겠습니다. 점수에서 가능성이 보이면 전과를 허락해 주시고 그게 아니라면 저도 고집부리지 않겠습니다."

"크흐음, 그놈 참."

담임이 한숨을 내쉬었다.

이렇게까지 말하는데 들어주지 않을 도리가 없었다.

담임은 최치우가 모의고사에서 쓴맛을 보고 다시 제자리를 찾을 거라고 생각했다.

"기회는 딱 한 번, 다음 모의고사가 전부이니 그런 줄 알아라."

"감사합니다."

"만약 결과가 좋아도 이제 와서 반을 옮기는 건 힘들고, 이과 과목 수업만 듣게 해주마."

"그 정도면 충분합니다."

원하는 것을 얻어낸 최치우는 가벼운 마음으로 자리에서 일어났다.

아직 넘어야 할 고비가 남아 있었다.

모의고사에서 괜찮은 성적을 내야만 이과로 옮기는 게 가능해진다.

수십 년을 고등학교에서 근무한 담임이 불가능하다고 판단한 미션이다.

그러나 최치우는 해낼 자신이 있었다.

무모한 도전이 아니었다.

그의 여섯 번째 환생을 떠올리면 고개를 끄덕일 수밖에 없다.

최치우는 바로 직전 인생에서 기계화 군단의 엔지니어로 로봇에 생명을 불어넣는 장본인이었다.

고등학교 수학과 과학이 아무리 어려워도 소꿉장난처럼 느껴질 수밖에 없었다.

암기가 필요한 부분, 약간의 응용이 필요한 부분만 적용하면 된다.

수학적 사고와 과학적 논리는 모두 최치우의 기억 속에 잠자고 있었다.

"문돌이는 답이 없어."

교무실에서 나온 최치우는 피식 웃으며 자조적인 말을 내뱉었다.

물론 농담이 섞인 유행어였다.

하지만 최치우는 보다 성공적인 미래를 위해 공대에 가겠다고 결심했다.

공대를 졸업하면 결국 치킨집 사장이 된다는 한국 사회의 현실도 잘 알고 있었다.

치킨집을 운영하는 게 나쁜 일은 절대 아니다.

그러나 최치우는 한국 너머의 세상을 바라보고 있었다.

"스티브 잡스, 마크 주커버그, 엘런 머스크, 금방 따라잡아 줄게."

누가 들으면 비웃을 이야기다.

하지만 최치우는 진지했다.

그가 현재까지 습득한 정보에서 이 세계의 정점은 마크 주커버그나 엘런 머스크 같은 첨단 산업의 개척자들이었다.

무력을 키우는 것은 기본이고 머지않은 미래에 세계의 정상들과 어깨를 나란히 하고 싶었다.

"갈 데까지 가보자."

최치우의 혼잣말은 아무도 듣지 못한 채 복도를 맴돌다 사라졌다.

그러나 언젠가 그의 입에서 나오는 모든 말이 태풍이 되어 세계를 강타할지 모른다.

전에 없이 거대하고 복잡한 세계에서 눈을 뜬 최치우는 날이 갈수록 더 큰 꿈을 키워가고 있었다.

*　　　　*　　　　*

모의고사를 봤다.

내신 시험과 모의고사는 결이 다르다.

수능을 대비하는 모의고사는 학교에서 임의로 문제를 출제하지 않는다.

그렇기에 더욱 적나라하게 실력이 드러난다.

대부분의 학생들은 시험 당일 가채점을 해본다.

오차는 있겠지만 가채점만 해도 대략적인 성적은 예측할 수 있었다.

최치우도 한 과목 시험이 끝날 때마다 가채점을 해봤다.

그는 1반이 아닌 7반에서 시험을 쳤다.

가형 수리 영역과 과학 탐구 등 이과 시험지를 받아야 해서 어쩔 수 없었다.

7반 학생들은 뜬금없이 이과 시험을 보러 온 1반 최치우를 이상하게 쳐다봤다.

하지만 누구도 시비를 걸지 못했다.

한마디의 비아냥거림이나 의문도 흘러나오지 않았다.

전교생 모두 최치우가 금성고 일진을 제패했다는 사실을 알고 있기 때문이다.

"저기, 치우야. 선생님이 교무실로 오라는데?"

시험을 다 치고 1반으로 돌아온 최치우에게 같은 반 학생이 조심스레 말을 전했다.

"고마워."

최치우는 고개를 끄덕였다.

평소에는 친구들과 대화를 나눌 기회가 많지 않았다.

그는 늘 혼자만의 공부에 집중했고, 친구들도 빵셔틀이었다 가 학교를 접수한 최치우를 무서워했다.

그래서인지 고맙다고 대답했을 뿐인데 말을 건 친구가 안도 의 한숨을 내쉬었다.

최치우는 이제껏 괴롭힘을 당하면 당했지 누굴 못살게 군 적이 없었다.

게다가 유강수에게 말해 일진이 설치지 못하도록 단단히 일 러뒀다.

그런데 학생들은 그를 동경하면서도 위험하게 여겼다.

'이해할 수 있어. 어느 세계에서나 지나치게 뛰어난 사람은 대부분 외로웠으니까.'

최치우는 가방을 들고 교무실로 걸어갔다.

교무실 문을 열자 담임이 기다렸다는 듯 눈을 빛냈다.

두 사람은 모의고사 성적을 놓고 일종의 내기를 했기 때문 이다.

공식적인 성적은 3주가 지나야 발표된다.

그러나 가채점 결과만으로 충분히 성패를 가릴 수 있었다.

"다른 과목은 됐고 수리 가형과 과탐만 확인하자. 이번에 출제도 어렵게 나왔으니 너무 실망하지는 말고."

담임은 최치우의 실패를 기정사실로 받아들이고 있었다.

이과 과목에서 큰코다치고 본래의 자리로 돌아올 거라 확신했다.

최치우는 그런 담임을 쳐다보며 옅은 미소를 지었다.

"가채점이긴 하지만 조금 놀라실 것 같습니다."

"놀라? 내가? 왜?"

담임이 이유를 모르겠다는 듯 반문했다.

아직도 그는 최치우가 이과 모의고사에서 좋은 성적을 냈을 거라곤 눈곱만큼도 생각하지 않았다.

최치우는 뜸들이지 않고 가채점 결과를 말했다.

"수리 가형에서는 3점짜리 하나, 2점짜리 하나 틀려서 95점을 받았습니다. 과탐은 암기보다 개념 이해 문제가 많아서 하나도 안 틀렸습니다."

"뭐? 지금 뭐라고 했지? 내가 잘못 들은 거 아닌가?"

담임의 눈동자가 튀어나올 듯 커졌다.

이렇게 놀란 표정을 짓는 것을 처음 본다.

김병철의 어머니가 길길이 날뛰며 항의할 때도 담임은 심드렁한 얼굴이었다.

최치우가 중간고사 2등을 했을 때는 놀라긴 했다.

하지만 지금처럼은 아니었다.

문과생이 느닷없이 이과 모의고사를 쳐서 수리 가형 95점,

과탐 만점을 받을 확률이 얼마나 될까.

더군다나 이번 모의고사는 어렵게 출제됐다.

"그, 그럼 언어랑 영어는 몇 점이지?"

"언어는 4점짜리 하나 틀렸습니다. 영어는… 문제가 좀 이상한 것 같지만 아무튼 89점입니다."

두 과목의 성적도 놀라웠다.

언어는 보나마나 1등급이다.

다만 영어가 조금 아쉬웠다.

최치우는 구글에서 영어 자료를 찾아보기 위해 공부를 해왔다.

실제로 낯선 언어를 탐구한 것이다.

그렇기에 시험용으로 문제를 꼬아서 낸 쓸데없는 영어 문항은 이상하다고 넘겨 버렸다.

그래도 2학년 때와 비교하면 장족의 발전이다.

평균 5등급, 6등급을 전전하던 최치우가 영어만 2등급, 나머지 과목은 모두 1등급을 받은 것이다.

다시 강조하지만 이과 영역에서.

담임은 자신의 교직 생활 상식을 뒤엎은 결과에 충격을 받았다.

가채점이라고 해서 최치우가 헛소리를 할 리는 없었다.

"이거 잘만 하면……."

담임이 심상치 않은 말을 중얼거렸다.

그에게는 상식보다 명예가 더 중요했다.

"영어만 신경 쓰면 의대도 노릴 수 있는 성적이다. 문과에서 제자를 의대로 보낸 최초의 교사가 될 수도 있다는 이야기지."

"네?"

"최치우, 의대로 가자!"

담임이 더 신이 났다.

그를 쇼크에서 벗어나게 하려면 더 큰 충격요법이 필요할 것 같았다.

최치우는 어림도 없다는 듯 단호하게 대답했다.

"공대 갈 겁니다."

"뭣이라?"

담임은 최치우의 성적을 들을 때보다 더 격한 반응을 보였다.

그러나 최치우는 흔들림이 없었다.

"공대 가겠습니다."

"……."

때 아닌 적막이 교무실을 감쌌다.

최치우는 담임의 허탈한 표정을 외면하며 할 말을 했다.

"약속대로 수리와 과탐은 이과반에서 수업 듣겠습니다, 선생님."

담임도 어찌할 도리가 없었다.

최치우가 받은 성적은 그저 놀라울 따름이었다.

"가보겠습니다."

담임은 예의바르게 고개를 숙이고 돌아선 최치우를 멍하니 처다봤다.

도대체 어디서 저런 놈이 튀어나왔는지, 아니, 왜 갑자기 두각을 나타내는지 신기할 따름이다.

공대생이 되겠다고 대차게 선포한 최치우는 유유히 걸음을 옮겼다.

작은 것이지만 뜻하는 바를 이뤘다.

하나씩 성취해 가는 재미가 남달랐다.

집으로 가는 그의 입가에 진한 미소가 배어 있었다.

*   *   *

이과 모의고사에서 기대한 만큼의 성적이 나왔다.

그러나 기분이 좋은 만큼 고민도 깊어졌다.

어떻게 돈을 벌 것인가.

최치우는 파이트 클럽 운영자에게서 400만 원 수표를 받고 난 후 돈을 벌어야겠다는 생각이 강해졌다.

처음으로 돈을 만지게 되자 현실감이 생긴 것이다.

중간고사에 이어 모의고사도 대박을 쳤지만 그럴수록 돈의 필요성이 커졌다.

담임에게 선포한 것처럼 공대를 가려면 학비가 들기 때문이다.

물론 국가 장학금이나 성적 장학금을 받을 수도 있다.

하지만 만약을 대비해야 하고, 등록금 외에도 돈 들어갈 일은 많다.

겨우겨우 학비만 내면서 대학 생활을 하고 싶지는 않았다.

어머니가 고생하는 모습도 그만 보고 싶었다.

"운영자가 다시 찾아오면 진지하게 고민해 봐야겠군. 실전 경험을 쌓으면서 돈도 벌 수 있다면 결코 나쁜 기회는 아냐."

최치우는 좁은 방에 앉아 생각을 정리하고 있었다.

무력을 키우려면 내공과 외공을 동시에 단련해야 한다.

그러나 혼자 수련만 주구장창 한다고 고수가 되는 것은 아니다.

반드시 다양한 실전을 거쳐야 된다.

최치우는 일곱 차원에 걸친 경험이 있어서 일반 사람들과 비교할 수는 없다.

하지만 지금의 몸으로 싸우는 것은 또 다른 문제였다.

현재의 육체로 어디까지 이겨낼 수 있는지 경험을 쌓는 게 더 빨리 강해지는 길이었다.

그는 대수롭지 않게 넘긴 운영자의 제의를 다시 검토했다.

고등학교 일진들과 싸우는 게 아니라 알려지지 않은 프로페셔널 파이터들과 붙을 수 있다면.

그러면서 큰돈을 받아 시드 머니를 불릴 수 있다면 사실 더할 나위 없이 좋은 일이다.

"파이트 클럽은 그렇다 치고, 400으로도 할 수 있는 일이 있어. 찾아야지, 뭐든."

최치우는 자본금 400에서부터 돈을 불려 나갈 작정이다.

사업을 시작하기엔 턱없이 적은 금액이지만 장인이 연장을 탓할 순 없었다.

아직 구체적인 계획은 세우지 않았다.

그래도 머릿속을 떠도는 아이디어가 꽤 있었다.

"그러고 보니… 돈 버는 능력을 증명한 적은 한 번도 없었군."

최치우는 혼잣말을 읊조리며 웃었다.

링스 월드와 지난 여섯 번의 환생에서 그는 정점에 이른 최고의 인간이 됐다.

하지만 돈을 제대로 벌어본 적이 없었다.

왕궁 대마법사로 지내며 남부럽지 않은 부자가 되기도 했다.

그러나 돈을 벌어서 부자가 된 게 아니라 다른 능력을 키워 재물을 얻은 것이다.

돈이 중요하다는 생각 자체를 이번 생에서 처음 해봤다.

그만큼 환경이 달라진 것이다.

"말이 아니라 행동으로 증명해야지."

최치우는 마음만 먹으면 얼마든지 돈을 잘 벌 수 있다는 것을, 바닥에서 400만 원의 자본금으로 시작해도 성공할 수 있다는 것을 보여주고 싶었다.

수능을 1년도 안 남긴 고등학교 3학년의 포부라기엔 지나치게 크고 원대했다.

실패하면 망상이지만 성공하면 꿈이 된다.

최치우는 재운(財運)을 스스로 만들기 위한 도전을 시작했다.

"400으로 물건을 사서 되파는 유통을 해봐야 얼마 남기지도 못해. 답은 하나밖에 없어."

아직 스무 살도 안 된 최치우의 눈동자가 예사롭지 않게 빛나고 있었다.

무력과 지력, 거기에 재력까지 갖춘다면 혼자서도 세상을 바꿀 수 있었다.

시작은 미약하나 창대한 끝을 이루기 위해 최치우는 도전하고 또 도전할 생각이다.

"내가 경험한 인생을 팔아보자. 100%, 아니, 200% 먹힌다!"

무슨 그림을 그리는 것인지 최치우는 스스로 만족한 듯 묘한 미소를 짓고 있었다.

5장

전생 디딤돌

최치우는 인터넷 카페를 샅샅이 뒤졌다.

온라인 세계는 끝이 없을 정도로 방대했다.

이제까지 최치우는 검색을 통해 다양한 지식을 배우는 데 집중했다.

그러나 온갖 커뮤니티와 카페, SNS는 완전히 독립된 사회였다.

오프라인 세계와 달리 온라인 세계에서 사람들은 조금 더 가식 없이 자신을 드러내고 시공을 초월하여 자유롭게 관계를 맺었다.

그렇게 얻을 수 있는 경험과 네트워크는 어마어마했다.

온라인의 영향력은 곧바로 오프라인으로 직결된다.

대통령 선거에서도 온라인 여론이 중요하게 작용하고, 네티즌들이 불매운동을 하면 대기업이 휘청거리기도 했다.

'온라인을 정복하면 세상을 가질 수 있어.'

최치우는 새로운 깨달음을 얻었다.

검색이 아닐 인터넷 커뮤니티와 카페를 중점적으로 파헤친 덕분이다.

그가 느닷없이 여러 커뮤니티를 확인한 이유는 따로 있었다.

재능은 있는데 아직 빛을 발하지 못한 그림 작가를 찾으려는 것이다.

최치우의 수중에는 400만 원이 있다.

고등학교 3학년이 공부를 하면서 400만 원으로 사업을 시작하긴 어렵다.

자본과 시간 모두 제한적이다.

그렇기에 생각해 낸 아이디어가 바로 웹툰 제작이었다.

숨겨진 원석 같은 그림 작가를 찾아 웹툰을 만드는 데 400만 원이면 충분한 예산이다.

스토리는 전혀 걱정하지 않았다.

최치우의 머릿속에는 이야깃거리가 무궁무진하다.

억지로 쥐어 짜낸 스토리와는 비교할 수조차 없다.

다른 차원을 넘나들며 직접 체험한 이야기를 풀어내면 게임 끝이다.

그는 환생할 때마다 버라이어티하고 다이내믹한 삶을 살았다.

사실 단순히 돈을 벌기 위해서만 웹툰을 제작하려는 게 아니었다.

그는 최치우로 환생하기 전, 아바타를 통해 신의 경고를 들었다.

어쩌면 이번이 마지막 환생일 수도 있었다.

아바타는 세상을 구하는 기쁨을 깨달으라는 뜬구름 잡는 미션을 줬다.

그러지 못하면 영혼이 완전히 소멸될지도 모른다.

서로 다른 세계에서 극한의 경험을 이겨내며 여기까지 왔는데 아무 흔적도 남기지 못하고 소멸된다면 정말 허무하지 않을까.

그래서 최치우는 웹툰으로 돈도 벌며 지난 인생을 기록하려는 것이다.

웹툰을 보는 수많은 사람들이 자신의 삶을 기억하고 이야기하기를 원했다.

"어? 이건 좀 괜찮잖아?"

그때 최치우의 눈길을 잡아끄는 게시물이 있었다.

회원 수가 5만 명을 넘는 카페에 방금 올라온 그림이다.

몇 컷의 스케치가 전부였고, 채색은 되어 있지 않았다.

어설픈 감이 있지만 느낌이 좋았다.

커뮤니티와 카페를 탐색하며 수천, 수만 개의 그림을 봤지만 기억에 남는 게 별로 없었다.

채색까지 예쁘게 된 그림은 대부분 계약이 된 기성작가들이 올린 것이었다.

아마추어라도 유명세가 있는 사람이면 터무니없는 조건을 제시하거나 쪽지를 보내도 읽지 않았다.

그런데 이번엔 달랐다.

우선 채색이 안 되어 크게 관심을 받지 못할 것 같았다.

스케치 자체도 완성도를 따지면 기준점 이하이다.

하지만 이상하게 자꾸 쳐다볼 수밖에 없었다.

원래라면 얼른 다음[Next] 버튼을 눌러 다른 그림을 봤어야 정상이다.

그림 작가 카페와 커뮤니티를 돌아다닌 것도 벌써 사흘째다.

매일 두 시간 넘게 그림을 보느라 이골이 난 상태였다.

"이렇게 눈길을 끈다는 건 감이 있다는 말인데……."

최치우는 그림 말고 다른 설명이 없는지 확인했다.

보통 그림 작가 지망생들은 구구절절 자기소개와 원하는 스토리 작가 조건을 적어놓는다.

그러나 이 사람은 달랐다.

'습작입니다'라는 한 문장이 전부였다.

그러고 보니 ID도 특이했다.

"MoonJ? 문제이? 문제? 무슨 뜻이지? 아무튼… 촉이 오긴 한다."

최치우는 더 이상 망설이지 않았다.

5분 넘게 자신의 눈길을 끌었고, 독특한 느낌으로 가능성을 보여줬다.

이만하면 연락부터 해보고 볼 일이었다.

어차피 먼저 연락한다고 해도 같이 작업을 하게 될 확률은 무척 낮았다.

딸칵!

최치우는 MoonJ라는 ID를 클릭해 쪽지를 보냈다.

쪽지 내용을 굳이 길게 쓰지 않았다.

보통 아마추어들이 설명에 집착한다.

프로는 말이 아니라 결과물로 증명하는 법이다.

최치우는 아직 프로 작가가 아니지만 아마추어 티를 내고 싶진 않았다.

[그림 느낌이 좋아서 연락합니다. ID로 제가 구상한 스토리 요약해서 보냅니다. 읽어보고 재밌으면 답장 바랍니다.]

과연 쪽지를 읽기는 할까.

아무것도 확신할 수 없었다.

"그래도 시도는 좋았어."

최치우는 다시 한번 MoonJ의 그림을 천천히 감상했다.

불안한 스케치지만 손끝이나 눈동자 등 디테일한 표현이 살아 있었다.

채색까지 완벽하게 되어 인기 폭발인 그림보다 더 마음에 들었다.

"운명이라면 만나게 되겠지."

최치우는 담담하게 마우스를 클릭했다.

30분 정도는 더 카페를 탐색하고 어머니가 돌아오면 저녁 식사를 할 생각이다.

평소 같았으면 방에서 달마역근경을 수련할 시간이다.

그러나 지금은 돈을 불리기 위해 웹툰 제작을 하는 게 우선이었다.

게다가 기초 도인법인 달마역근경의 효과는 이미 톡톡히 봤다.

단전이 깨끗해졌고 손톱만 한 내공도 쌓였다.

육체도 한결 건강해진 게 분명했다.

이제는 보다 높은 단계로 발전할 수 있는 상승 무공을 익힐 차례였다.

곧 기말고사를 치고 나면 여름방학이 시작된다.

그럼 자연스럽게 도약의 기회를 맞이할 수 있을 것 같았다.

컴퓨터 모니터를 뚫어져라 바라보는 최치우의 눈동자에 생기가 돌고 있다.

인생을 스스로 개척하는 사람만 가질 수 있는, 생(生)의 에너지로 가득한 눈동자였다.

*　　　　　*　　　　　*

왁자지껄한 점심시간이다.

일찍 밥을 먹은 최치우는 교과서를 읽는 중이다.

오늘 5교시 수업은 이과 반으로 옮겨서 과탐을 듣는다.

그는 전교에서 유일하게 고3 때 문과에서 이과로 전과를 허락받은 학생이 됐다.

싸움으로 금성고를 접수하고, 일진을 찍소리도 못 하게 만든 최치우가 공부까지 잘하는 것이다.

그것도 보통 잘하는 게 아니라 중간고사와 모의고사에서 전교권에 들었다.

어쩌다 한번 행운이 따라준 것이 아니라는 사실을 이제는 모두 알고 있었다.

그래서일까.

금성고 학생들은 빵셔틀에서 독보적인 존재로 거듭한 최치우에게 잘 보이려 애썼다.

물론 최치우가 쓸데없이 아부하는 학생들을 가까이 두진 않았다.

그는 적절한 거리를 유지하며 자신만의 공간을 지켰다.

학생들과 모나지 않게 인사를 주고받지만, 그들 틈에 섞이는 대신 공부에 집중했다.

다른 사람이었다면 범생이라고 놀림을 받았을 것이다.

하지만 지금 금성고에서 최치우를 손가락질할 정도로 간이 큰 학생은 없었다.

'교과서는 진짜 잘 만들었다니까.'

그는 새삼 교과서에 감탄하고 있었다.

수능 전국 1등이 TV에 나와 교과서 위주로 예습과 복습을 철저히 했다고 말하는 게 뻥이 아니었다.

진짜 교과서 위주로 예습, 복습을 열심히 하면 성적이 오를 수밖에 없었다.

무공이든 공부든 편법보다 정공법이 훨씬 더 위력적이다.

불가사의한 능력을 바탕으로 정도(正道)를 걸으며 공부하는 최치우는 다가오는 기말고사에서 또 한 번 이변을 보여줄 것 같았다.

띠링―

그때 꽤 오래된 구형 스마트폰 알람이 울렸다.

문자나 전화, 메신저는 아니었다.

최치우는 고개를 살짝 갸웃거리며 폰으로 인터넷을 켰다.

'새로운 쪽지 1통!'

갑자기 그의 눈이 커졌다.

포털 사이트에서 쪽지가 도착했다는 알람이었다.

쪽지를 보낸 사람은 감각 있는 스케치로 시선을 당긴 그림 작가였다.

최치우는 떨리는 마음으로 손가락을 움직였다.

[MoonJ입니다. 만나고 싶습니다.]

느낌이 통했다.

최치우는 미세하지만 전율을 느꼈다.

뭔가 될 것 같다는 확신이 강하게 든 순간이다.

＊　　　　　＊　　　　　＊

일요일 오후 2시, 은평구 녹번동의 작은 카페.

최치우는 그림 작가 MoonJ가 일러준 장소로 나왔다.

약속 시간보다 10분 일찍 도착했지만 카페 안에는 아무도 없었다.

심지어 주인조차 손님용 테이블에서 꾸벅꾸벅 졸고 있었다.

'정말 나오기는 하겠지?'

이쯤 되니 불안한 기분이 들었다.

그는 MoonJ의 전화번호도 모른다.

쪽지를 통해 시간과 장소를 정한 게 전부이다.

의심의 기운이 스멀스멀 피어오르려는 찰나, 최치우는 단호히 고개를 저었다.

'느낌을 믿자. 내가 그림에 꽂힌 것처럼 그 사람도 내 스토리에 빠진 게 분명해.'

최치우가 완성되지 않은 스케치에서 끌림을 느꼈듯 그도 전생을 다룬 이야기에 매료됐을 것이다.

그렇지 않았다면 굳이 답장을 보내 약속을 잡을 리 없었다.

최치우는 링스 월드에서 아바타를 만난 후 두 번째 환생했을 때의 기억을 되살렸다.

물론 환생이라는 소재는 쓰지 않았다.

대신 몬스터에게 잡아먹히기 직전의 평범한 헌터에서 끝내

트리플 S급 루시펠을 막아낸 여정을 요약해서 전달했다.

이야기를 추리고 추렸지만 실제로 경험한 인생이기에 박진감은 어마어마했다.

"저기……."

최치우가 자신의 스토리를 돌아보는 사이, 뒤에서 낯선 음성이 울렸다.

가냘픈 여자의 목소리였다.

"네?"

최치우는 몸을 돌렸다.

그의 눈앞에 155㎝도 안 될 것 같은 작은 여자가 야구 모자를 쓰고 서 있었다.

눈이 동그랗고 큰 걸 제외하면 키를 포함해 신체의 모든 부분이 작았다.

특히 새하얀 손은 성인이 아닌 덜 자란 소녀의 것처럼 보였다.

"저, 저… 오늘 두 시에 약속한……."

"아! MoonJ 님?"

"네, 제가 문제이예요."

아담한 체구의 여성은 부끄러운 듯 고개를 숙였다.

야구 모자 아래로 드러난 두 뺨이 빨갛게 달아올라 있다.

쪽지로 이야기를 주고받을 때는 당연히 남자라고 생각했다.

그런데 직접 만나니 수줍음이 많은 여성이었다.

최치우는 얼른 정신을 차리고 인사를 건넸다.

"안녕하세요. 최치우입니다."

"네, 보내주신 스토리는 잘 읽었어요. 너무 재밌어서 그만······."

"재밌었다니 다행이군요. 안에 들어가서 마저 이야기하실까요?"

"그래요."

여성 작가 MoonJ가 기어들어 가는 작은 목소리로 대답했다.

최치우는 카페 문을 열고 안으로 들어갔다.

그는 커피 두 잔을 계산하고 테이블에 마주 앉았다.

수중에 400만 원이 있기에 커피값을 내는 건 부담스럽지 않았다.

"잘 마실게요."

"아닙니다. 그보다 MoonJ 님, 제가 뭐라고 부르면 될까요?"

"제 이름은··· 문지유예요."

얼굴과 체형에 어울리는 예쁜 이름이다.

이제 그녀의 닉네임도 이해가 됐다.

최치우는 원활한 의사소통을 위해서 적극적으로 대화를 이끌 수밖에 없었다.

"단도직입적으로 말하겠습니다. 저는 문지유 님의 스케치에서 뭔가 끌리는 느낌을 받았어요. 그래서 같이 웹툰 작업을 하려고 쪽지를 보낸 겁니다."

"고, 고마워요. 저도 치우 씨 스토리가 너무 재밌어서 그만

답장을……. 사실 아직 작업을 할 처지도 안 되는데……."

최치우는 자신의 두 번째 환생 이야기에 리얼 헌터라는 제목을 붙였다.

단순하지만 강렬한 제목이었다.

그는 눈을 내리깐 문지유를 똑바로 쳐다보며 물었다.

"작업을 할 처지가 안 된다는 건 무슨 뜻인가요?"

"사실 평일에는 카페 알바, 주말에는 편의점 야간 알바를 해서 시간이 많이 없어요. 장비도 부족해서 스케치 습작 정도밖에 못 올리구요."

그제야 이해가 됐다.

시간과 돈이 부족해 어설픈 스케치만 올린 것이다.

최치우는 저도 모르게 환한 미소를 지었다.

차라리 더 잘됐다.

실력이 없어서가 아니라 환경 때문에 그림의 완성도가 낮았다니 다행스러웠다.

"스케치일 뿐인데 인물의 디테일이 아주 매력적이더군요. 충분한 시간과 작업 환경이 주어진다면 엄청난 그림이 나올 것 같습니다."

최치우의 칭찬이 거듭되자 문지유의 볼이 더욱 빨갛게 물들었다.

"하, 하지만 정식으로 그림을 배운 적도 없고… 알바를 하나라도 빼면 힘든 처지라서요."

"혼자 사세요?"

"네."

"나이는요?"

"스물한 살이에요."

"저보다 두 살 누나네요. 그냥 누나라고 부를게요."

"예?"

최치우는 거침이 없었다.

문지유의 눈이 토끼처럼 동그래졌다.

"지유 누나, 내가 한 달 알바비랑 장비 구입비 지원해 줄게
요. 물론 좋은 장비는 못 사겠지만. 딱 한 달만 나랑 작업해서
도전해 보고 안 될 것 같으면 그때 다시 알바 구해도 괜찮지
않아요?"

사실 최치우 입장에서는 큰맘 먹고 제안한 것이다.

어쩌면 괜한 노력만 들이고 400만 원을 거의 다 날릴지도 모
른다.

문지유도 놀라긴 마찬가지였다.

커리어 없는 습작 그림 작가가 받을 수 없는 조건이기 때문
이다.

"저한테 왜 그렇게까지 좋은 조건을 제시하는 거예요? 별로
내세울 게 없어서 부담스러워요."

"웹툰 그리고 싶잖아요. 맞죠? 누나가 올린 그림에서 그게 느
껴졌는데. 또 내가 보낸 이야기에 흠뻑 빠졌잖아요."

"그, 그건 맞지만……."

"나도 도전하는 겁니다. 가만히 있으면 아무것도 안 되니까."

머리가 아닌 가슴으로 뱉은 말이다.

최치우는 자신의 전생 이야기가 사람들을 끌어모을 거라고 자신했다.

문지유가 작정하고 그림을 그리면 시너지를 낼 수 있을 것 같았다.

재능과 열정은 있는데 환경이 안 따라주는 것도 그녀에게 끌리는 이유 중 하나였다.

"정말 그렇게 해도 되겠어요?"

문지유도 결심한 듯 고개를 들었다.

그녀의 눈동자에 불안감이 비쳤지만, 그만큼 기대와 설렘도 엿보였다.

최치우는 시원하게 고개를 끄덕이며 말했다.

"한 입으로 두말하는 스타일 아닙니다. 카페 보니까 보통 그림 작가 7, 글 작가 3이던데, 내가 과감하게 투자하는 대신 나중에 잘되면 5 대 5로 나누는 건 어떻습니까?"

"나는 좋아요. 근데 벌써부터 수익이 날 생각을 해도 될까요?"

"당연히 해야죠. 돈 벌려고 웹툰 만드는 건데, 그것도 대박 나서 왕창 벌려고!"

최치우가 유쾌하게 웃으며 말했다.

문지유는 처음에는 조금 당황했다.

하지만 이내 웃음이 전염되었는지 아주 옅은 미소를 지었다.

최치우를 만나고 처음으로 웃은 것이다.

그는 펄펄 끓는 뜨거운 에너지로 그림 작가를 구했다.

마음먹은 순간부터 일을 추진하는 속도가 장난이 아니었다.

과연 전생의 경험이 살벌한 웹툰 시장에서 비장의 무기가 되어 줄지는 조금 더 지켜봐야 할 것 같았다.

중간고사를 친 게 엊그제 같은데 또다시 기말고사 기간이 돌아왔다.

다른 고3 학생들은 시험이라면 지긋지긋해한다.

하지만 최치우는 예외였다.

중간고사에서 두각을 나타낸 그는 모의고사에서 이적을 선보였다.

기말고사라고 다를 게 없었다.

그는 즐거운 마음으로 시험을 쳤고, 두 번의 경험이 쌓인 덕분에 노하우도 생겼다.

최치우는 지난 모의고사에서 영어만 2등급을 받았다.

실생활 위주의 영어 공부와 시험용 영어 공부가 달랐기 때문이다.

그때의 경험이 약이 됐다.

시험에서 어떤 경향으로 문제가 출제되는지 감을 잡은 것이다.

최치우는 기말고사를 치며 단 한 과목에서도 어렵다는 느낌을 받지 못했다.

같은 반 친구들에게 말하면 재수 없다는 소리를 들을 것이다.

물론 금성고를 접수한 최치우에게 대놓고 말은 못하고 속으로만 투덜거리겠지만.

그러나 최치우는 기말고사보다 다른 것을 더 기대하고 있었다.

중간고사에서는 반에서 2등을 했다.

어쩌면 이번에는 1등을 노릴 수 있을지 모른다.

하지만 성적보다 관심이 가는 분야가 생겼다.

바로 얼마 전부터 문지유와 함께 작업하고 있는 웹툰 리얼 헌터이다.

운명 같은 우연인지, 아니면 우연 같은 운명인지 서로의 진가를 알아본 두 사람은 의기투합했다.

최치우가 400만 원이라는 거금을 선뜻 투자하기로 결정하면서 일이 풀렸다.

문지유는 먼저 채색을 위해 필요한 장비를 구입했다.

또 카페 알바를 그만두고 한 달 동안 웹툰 작업에만 전념했다.

주말 편의점 야간 알바는 점장님과의 의리 때문에 당장 그만하기 어렵다고 했다.

최치우도 이해할 수 있는 부분이다.

어차피 웹툰이 잘되면 차근차근 정리하게 될 것이다.

"누나!"

최치우가 카페 문을 열고 문지유를 불렀다.

먼저 도착한 문지유가 구석 자리에 앉아 있었다.

그녀는 최치우를 보고 수줍게 고개를 숙였다.

처음 만난 이후 둘은 자주 연락을 주고받으며 작업을 함께 했다.

덕분에 제법 많이 친해졌지만 문지유의 타고난 성격 자체는 변하지 않았다.

"왔어? 시험은 잘 쳤지?"

"잘 쳤겠죠, 아마? 하하하! 마음이 온통 웹툰에 가 있어서."

최치우는 너스레를 떨며 자리에 앉았다.

오늘 드디어 리얼 헌터의 첫 번째 완성본을 보는 날이다.

그는 프롤로그와 1화가 완성됐다는 소식을 듣고 곧장 약속을 잡았다.

이메일로 파일을 받아도 되지만 첫 회는 만나서 함께 보고 싶었다.

"너, 너무 기대하지 마……."

"당연히 기대해야죠. 대박 날 작품인데."

최치우는 결과물을 의심하지 않았다.

그는 무엇보다 자신의 이야기가 가진 힘을 믿었다.

하급 몬스터에게 잡아먹히기 직전의 헌터로 환생한 걸 생각하면 지금도 등에 땀이 흐른다.

고난과 역경을 딛고 트리플 S급 몬스터인 루시펠을 봉인하기까지 흥미진진한 에피소드가 넘쳐났다.

시나리오가 훌륭하면 그림이 평타만 쳐도 성공할 수 있다.

그런데 문지유의 그림 실력은 평균 이상이었다.

장비를 갖추고 색을 입힌 그녀의 그림은 순정만화와 판타지의 경계를 넘나들었다.

선이 다소 여성스러웠지만 요즘은 이런 스타일이 트렌드다.

작업 속도가 빠르지 않은 게 흠이지만 차차 나아질 부분이다.

통장에 원고료가 두둑이 꽂히기 시작하면 작업 속도는 무조건 빨라질 수밖에 없다.

최치우는 그때까지만 문지유를 이끌고 리더 역할을 하면 된다.

"어디 한번 볼까요?"

"그래, 여기 있어."

최치우가 웹툰을 보기 위해 문지유의 옆자리로 이동했다.

그녀는 식은땀을 흘리며 작업용 태블릿 PC 화면을 손가락으로 눌렀다.

새삼 손이 참 하얗고 작았다.

"와!"

최치우가 짧게 탄성을 터뜨렸다.

첫 장면에서부터 감탄이 절로 나왔다.

절대 오버하는 게 아니었다.

하급 몬스터가 입을 쫙 벌리고 있는 모습으로 첫 장면이 시작되었다.

그 앞에 놓인 주인공은 절체절명의 위기인 게 한눈에 보였다.

"시작이 반이라고 했잖아요. 절반은 먹고 들어갔네. 긴장감이 딱!"

최치우가 유쾌하게 말했다.

문지유는 칭찬이 부끄러운 듯 화면을 아래로 내렸다.

프롤로그에서 주인공은 고 레벨 헌터의 도움을 받아 목숨을 구한다.

하지만 고레벨 헌터에게 무시를 당하고 반드시 강해지겠다는 다짐을 하며 프롤로그가 끝났다.

이윽고 1화에서는 저레벨 용병단과 함께 던전 탐험을 시작하게 된다.

평범한 하급 던전인 줄 알았는데 C급의 무시무시한 몬스터가 튀어나오며 1화가 마무리되었다.

프롤로그와 1화를 보면 2화가 궁금해 미칠 수밖에 없다.

이 모든 이야기 전개를 알고 있는 최치우도 2화가 궁금할 정도였다.

"대박이다. 진짜 대박이야."

"정말?"

"정말이죠. 누나도 보면 느낌이 오지 않아요?"

"나도 엄청 몰입해서 작업했어. 스토리가 워낙 좋아서……."

"그럼 뭘 의심해요. 믿고 가는 거지."

최치우는 목이 타는 듯 아이스 아메리카노를 벌컥벌컥 마셨다.

탁!

커피 잔을 테이블에 내려놓은 최치우가 고개를 돌렸다.

바로 옆자리에 앉아서 문지유의 얼굴이 한층 가까이 있다.

숨결을 느낄 수 있는 거리이다.

최치우는 아무렇지 않았지만, 문지유의 얼굴색은 점점 빨개지고 있었다.

"지유 누나, 우리 이거 도전으로 풀지 맙시다."

"응? 그게 무슨 말이야?"

문지유가 놀랄 때 짓는 표정을 보여줬다.

보통 신인들은 포털 사이트의 도전 게시판에 웹툰을 올린다.

그러다 인기를 얻으면 베스트 도전으로 승격되고, 이후에 정식 계약 제의를 받을 수도 있다.

베스트 도전에 오르는 것만 해도 무척 어려운 일이다.

그러나 최치우는 정상적인 과정을 전부 패스하자고 말한 것이다.

"아무리 생각해도 리얼 헌터는 신인 습작 수준이 아닙니다. 남들이 시속 60㎞로 달린다고 우리도 그럴 필요 있어요? 자신감을 가지고 질주합시다."

"그렇지만… 신인이 투고를 해도 검토를 거의 안 한다고 하던데……"

"그럼 아까운 작품 놓치는 거죠. 여러 곳에 투고도 안 할 겁니다. 제일 큰 플랫폼인 네트랑 케이툰 웹툰 관리자한테만 보냅시다."

최치우는 이미 지침을 정했다.

리얼 헌터팀의 리더는 최치우이다.

그는 문지유의 의견을 존중하지만, 언제나 최종 결정은 스스로 내릴 작정이다.

애초에 문지유는 리더가 될 성격이 아니기도 했다.

그녀가 불안한 기색을 보이자 최치우가 다시금 확신을 심어 줬다.

"안 될 거라는 생각을 버려요. 시작부터 왜 지고 들어가요? 결과는 내가 책임질 테니 믿고 따라와요."

"그, 그래, 알겠어, 치우야."

"힘들겠지만 이번 달 안에 3화는 완성해 주세요. 그럼 프롤로그랑 같이 투고할 테니까."

최치우는 문지유를 강하게 몰아붙였다.

어차피 정식으로 연재하면 일주일에 1화를 만들어야 한다.

지금부터 스케줄 관리에 익숙해지지 않으면 잦은 휴재와 딜레이로 독자들의 원망을 사게 될 것이다.

문지유는 말 잘 듣는 아이처럼 연신 고개를 끄덕였다.

최치우는 짙은 미소를 지으며 그녀와 눈을 맞췄다.

성공의 예감이 그의 심장을 움켜쥔 것 같았다.

망설이거나 머뭇거릴 이유가 하나도 없다.

여름방학을 앞둔 최치우는 전생을 디딤돌 삼아 높이 점프할 순간을 기다리고 있었다.

6장

뜨거운 여름

기말고사 결과 최치우는 반에서 1등을 했다.

살면서 단 한 번도 1등을 해본 적 없는 최치우이다.

그런데 다른 것도 아닌 공부로 1등을 차지했다.

소식을 들은 어머니는 남몰래 거실에서 눈물을 훔치셨다.

어느 순간 어른스럽게 변한 아들이 마음을 잡고 공부를 하는 것만으로도 고마웠다.

그런데 반에서 1등이라니, 언감생심 기대도 하지 않던 성적이다.

감격할 수밖에 없었다.

2등과 1등은 또 느낌이 다르다.

어머니는 김밥집에서 동료 아줌마들과 손님들에게 두고두고 아들 자랑을 할 것 같았다.

최치우도 뿌듯했다.

반에서 1등이라는 성적보다 어머니가 기뻐하는 모습을 보는 게 더 좋았다.

그는 지난 19년의 기억을 고스란히 갖고 있다.

어머니의 속을 썩이며 못난 아들로 살았던 것, 그럼에도 언제나 무한한 사랑을 받던 것을 모르지 않았다.

이제라도 조금씩 보답을 할 수 있다면, 그게 자신과 어머니의 새로운 운명이라면 그저 감사할 따름이다.

사실 최치우의 관심은 기말고사 성적보다 다른 데 머물고 있었다.

바로 여름방학이다.

고3에게 여름방학은 특별할 것 없는, 어쩌면 학기보다 더 괴로운 시간이다.

수능을 앞두고 스퍼트를 올려야 하는 시점, 또는 논술 준비를 빡세게 시작하는 시점이기 때문이다.

하지만 최치우는 여름방학 특강이나 논술 학원에 시간을 쏟을 생각이 전혀 없었다.

얄미운 이야기지만 공부는 지금처럼만 하면 된다.

대신 남는 시간을 활용해 육체 단련에 박차를 가할 예정이다.

동시에 문지유와 함께 작업하고 있는 웹툰 리얼 헌터로 승부를 봐야 한다.

그가 문지유에게 제시한 작업 기간은 한 달이었다.

이제 곧 그 한 달이 끝난다.

프롤로그와 3회까지, 총 4회 분량의 웹툰 원고를 들고 정식 연재를 결정지을 것이다.

네트와 케이툰, 양대 포털이 아니면 관심도 없었다.

문지유는 한 달 내내 죽어라 작업했다.

그러면서도 내심 불안해하고 있었다.

웹툰은 재밌게 잘 나왔지만, 신인이 양대 포털에서 정식 연재를 하는 건 하늘의 별 따기보다 어렵기 때문이다.

그러나 최치우는 자신만만했다.

물론 양대 포털의 벽은 높을 것이다.

하지만 벽보다 더 높은 재미를 보여주면 된다.

원래 인생은 상대적인 것이고, 리얼 헌터는 기존의 정식 연재 작품들보다 더 나은 작품이라 확신했다.

"두드려라. 그러면 열릴 것이니."

최치우는 혼자 좁은 방 안에서 눈을 감고 가부좌를 틀었다.

그의 입에서 흘러나온 말에 기이한 힘이 실려 있는 것 같았다.

"후우!"

최치우는 얼마 없는 내공을 일주천시켰다.

천하제일검이던 시절과 비교하면 발톱의 때만도 못한 내공이다.

하지만 지구에서 손톱만큼의 내공이라도 쌓은 사람은 열 명도 채 안 될 것 같았다.

작디작은 씨앗에서 거목을 키워야 한다.

무력만으로 최고가 될 수 없는 세상이지만, 최치우는 육체단련을 결코 소홀히 하지 않았다.

압도적인 무력은 그에게 비장의 무기가 되어줄 것이 분명하기 때문이다.

돈도 권력도 명예도 안 통하는 최후의 순간, 무력만이 유일한 탈출구가 되는 법이다.

오죽하면 '법보다 주먹이 빠르다', '주먹이 깡패다'라는 말이 떠돌겠는가.

"이제 시작이다."

운기조식을 마친 최치우는 조용히 혼잣말을 읊조렸다.

여름방학은 그에게 무궁무진한 기회의 시간이 될 것 같았다.

일곱 번째 인생에 적응한 최치우가 기지개를 켜고 있다.

*　　　　*　　　　*

이메일은 편리한 수단이지만 읽지 않으면 끝이다.

네트와 케이툰 담당자가 무명의 신인이 보낸 이메일을 읽을 확률은 얼마나 될까.

2%도 많이 쳐준 것일지 모른다.

0.2%일 가능성도 있다.

하루에도 수십, 수백 개의 습작 메일이 쏟아질 게 불 보듯 뻔했다.

그렇기에 수많은 습작가들이 투고 메일 대신 도전 게시판에서부터 자신을 알리는 것이다.

담당자들은 최소한 베스트 도전에 올라온 작품부터 검토할 확률이 높았다.

하지만 그런 과정을 밟으면 시간이 너무 오래 걸린다.

최치우는 정식 연재가 아닌 곳에서 시간을 허비하고 싶지 않았다.

남들 다 하는 대로 따라 하는 건 최치우의 취향이 아니었다.

그는 문지유가 최종 검수를 마친 원고를 컬러 프린터로 인쇄했다.

당연히 파일을 담은 USB도 준비했다.

USB만 가져가서 전달하면 컴퓨터에 꽂아보지도 않을까 봐 일부러 원고 인쇄까지 해둔 것이다.

철저하게 준비를 마친 그는 지하철을 탔다.

목적지는 판교 테크노벨리.

네트와 케이툰 모두 판교에 본사를 두고 있다.

다행히 하루면 두 회사 담당자와 모두 만날 수 있을 것 같다.

최치우는 직접 회사를 찾아가 몸으로 부딪칠 작정이다.

—다음 내리실 역은 서판교, 서판교 역입니다.

지하철 안내 멘트가 흘러나왔다.

두 회사가 어디에 있는지는 이미 인터넷으로 찾아봤다.

최치우는 성큼성큼 걸어 지하철역을 빠져나왔다.

나오자마자 신세계가 펼쳐졌다.

현대식으로 지어진 빌딩들이 판교 테크노밸리를 빛내고 있었다.

서울 근교에 세워진 현대 신도시.

이곳은 게임, 콘텐츠, IT 등 대한민국을 이끄는 신산업이 자라는 모태이다.

신문 기사로는 접했지만 직접 눈으로 보니 감회가 남달랐다.

"한국의 신흥 부자들은 여기 다 모여 있단 말이지."

으리으리한 빌딩 숲이 최치우의 심장을 건드렸다.

높이 솟은 빌딩은 얼마나 비쌀까.

몇 백억이 넘는 빌딩을 자기 이름으로 갖고 있다면 어떤 기분일까.

성을 가진 영주가 되는 것, 왕국의 주인이 되는 것과는 또 다른 느낌일 것 같았다.

"일단 나는 웹툰 하나 들고 여기 온 작가 지망생일 뿐이지만, 그리 오래 걸리진 않을 거다."

최치우는 판교의 빌딩 숲을 바라보며 각오를 확실히 다졌다.

허무맹랑한 꿈이 아닌, 실현 가능한 목표라 믿었다.

그러나 현실은 녹록지 않았다.

먼저 찾은 네트 본사 건물에 들어가는 것부터 난관이었다.

사원증이 없으면 진입이 불가능했다.

로비에는 체격 좋은 경비들이 눈을 부릅뜨고 있었다.

하지만 이 정도도 생각하지 않고 판교까지 찾아왔을 최치우가 아니다.

그는 안내데스크로 찾아가 당당하게 말했다.

"콘텐츠팀의 윤영국 팀장님 부탁드립니다."

"어디에서 오셨다고 전해 드릴까요?"

"오늘 미팅 약속한 웹툰 작가 최치우입니다."

"잠시 기다려 주세요."

데스크 여직원이 사내 전화를 들었다.

최치우는 당연히 콘텐츠팀장과 약속을 잡지 않았다.

죽어라 인터넷을 검색해서 팀장의 이름을 알아냈을 뿐이다.

약간의 정보와 불굴의 무대뽀 정신, 그 둘이 결합하면 안 될 일도 되게 만들 수 있었다.

"윤 팀장님께서 그런 미팅 잡은 적 없다고 하시는데요?"

예상한 대로 여직원이 난감한 표정을 지었다.

그러나 최치우는 한 치의 흔들림도 없이 목소리를 살짝 높였다.

"그게 무슨 말입니까? 분명히 윤 팀장님과 약속을 잡고 왔습니다. 착오가 있는 것 같은데 한 번 더 확인해 주시죠."

그 모습에 데스크 직원이 윤 팀장에게 다시금 보고를 올렸다.

통화가 조금 길어지는 것 같았다.

'직접 작품을 들고 찾아오는 작가가 몇 명이나 되겠어. 이름

과 직함을 정확히 말하면서 들이대면 분명 기회는 열린다. 문
전박대를 당하진 않을 거야.'

최치우는 나름의 계산을 마치고 네트 본사를 방문했다.

그는 일부러 강렬한 눈빛을 유지한 채 안내 데스크 여직원
을 쳐다봤다.

곧이어 통화를 마친 여직원이 몸을 돌렸다.

"윤영국 팀장님께서 일단 올라오라고 하시네요."

"고맙습니다. 몇 층으로 가면 될까요?"

"6층 콘텐츠 기획 본부로 가시면 됩니다."

여직원이 임시 출입증을 건네줬다.

최치우는 속으로 환호성을 질렀지만 겉으로는 담담하게 출
입증을 받았다.

로비를 지나 엘리베이터를 타니 금방 6층에 다다랐다.

외부만큼 빌딩 내부도 현대적으로 세련되게 구성돼 있었다.

최치우는 조금도 주눅 들지 않고 오히려 여유로웠다.

머지않아 네트에서 모셔가려 애쓰는 웹툰 작가가 될 거라고
자신했기 때문이다.

"윤영국 팀장님?"

그가 넓은 사무실 안에서 윤영국의 책상을 찾아 입을 열었
다.

노타이셔츠를 입은 30대 후반의 남자가 고개를 돌렸다.

하루 종일 컴퓨터를 해서인지 눈이 충혈돼 있었다.

"최치우 씨? 데스크에도 말했지만 나랑 연락한 적 없잖아요?

근데 약속을 잡았다고요?"

말투도 신경질적이다.

바빠 죽겠다는 티를 팍팍 냈다.

최치우는 아랑곳하지 않고 가져온 웹툰 인쇄물과 파일이 담긴 USB를 꺼냈다.

"이게 뭡니까?"

윤영국이 언성을 높였다.

다짜고짜 결과물을 그의 책상 위에 올려놓은 최치우가 대답했다.

"실례를 범해 죄송합니다. 많은 것 바라지 않습니다. 제가 가져온 웹툰을 검토해 주십시오. 연락처는 USB에 있습니다."

할 말을 마친 최치우는 인사를 하고 등을 돌렸다.

구차하게 윤영국 팀장을 붙잡고 매달리지 않았다.

윤영국 팀장이 황당해하는 사이 최치우는 벌써 복도로 나왔다.

그는 윤 팀장이 무조건 웹툰을 볼 거라고 확신했다.

이렇게 미친 짓을 하는 습작가를 만나봤을 리 없었다.

욕을 하면서도 인쇄된 웹툰을 슬쩍 쳐다보기는 할 것이다.

그 순간, 윤 팀장은 리얼 헌터에 매료되어 빠져들 게 분명했다.

어마어마한 자신감 없이는 감히 시도하기 힘든 무모한 도전이었다.

남들도 다 할 수 있는 일처럼 보이지만 남들은 안 하는 일이다.

게다가 확실한 결과물이 없으면 역효과를 낳는다.

최치우는 스스로 미끼가 되어 네트를 낚으려 했다.

이제 한 건 마쳤으니 케이툰에서 낚시를 할 차례다.

'네트랑 케이툰팀장들이 날 붙잡으려고 서로 싸우면 엄청 재밌겠다.'

판교 테크노밸리의 빌딩 숲을 가로지르는 발걸음이 가벼워졌다.

최치우의 입가로 짙은 미소가 떠오르고 있었다.

판교에 다녀온 다음 날, 최치우는 조바심을 내지 않았다.

그는 있지도 않은 미팅을 구실로 네트와 케이툰 담당자에게 리얼 헌터를 던지듯 안겨주고 나왔다.

또라이 소리를 들어도 할 말이 없다.

어쨌거나 최선을 다했고, 담당자들이 리얼 헌터를 한 번이라도 훑어볼 수밖에 없는 환경을 만들었다.

최치우의 승부수가 통할지, 아니면 그저 무모한 객기였는지 해답은 시간이 내려줄 것이다.

보통 투고한 습작가는 연락이 올 때까지 전전긍긍 아무 일도 못한다.

하지만 최치우는 달랐다.

그는 마치 아무 일도 없다는 듯 계획대로 일정을 소화했다.

기다리고 기다리던 여름방학이다.

최치우는 학교에 가지 않는 대신 자기 자신을 몇 단계 업그레이드시키겠다고 다짐했다.

"달마역근경 다음은 뭐가 좋을까."

어머니가 일을 나가시고 혼자 남아서 편하게 혼잣말을 했다.

달마가 창안한 도인법 역근경은 최치우에게 큰 도움이 됐다.

비리비리하고 허약하다 못해 온갖 탁기(濁氣)로 더럽혀진 몸의 기틀을 깨끗이 잡아준 것이다.

하지만 이제 한계를 넘어설 때가 됐다.

이미 최치우의 단전에는 내공이 쌓였고, 뼈와 가죽밖에 없던 몸에도 조금씩 근육이 붙고 있었다.

이대로 성장하면 국가 대표급 운동선수를 뛰어넘게 될 것이다.

그러나 무기 앞에서는 무력해진다.

칼을 든 사람을 맨손으로 완벽하게 제압하기 위해서는 일정 수준 이상의 무공이 필요했다.

하물며 상대가 총을 가지고 있다면 대책이 없다.

반드시 상승 무공이나 마법을 자유자재로 펼칠 수 있어야만 대응이 가능할 것이다.

어쩌면 먼 미래에는 권총 정도가 아닌 기관총, 샷건, 또는 미사일을 쓰는 적과 부딪칠지도 모른다.

평범한 사람에게는 절대 일어나지 않을 사건이지만, 최치우는 벌써부터 비현실적인 영역을 넘나들고 있었다.

이 세계의 정점이 되는 과정에서 누구와 싸우게 될지 섣불리 예측할 수 없었다.

여러 번의 환생을 거치며 최치우는 유비무환의 중요성을 뼈

저리게 느꼈다.

시간이 있을 때, 기회가 될 때 뭐든 준비해 놓아야 한다.

언제 어느 때 갑자기 전쟁이 벌어질 수도 있기 때문이다.

"검법이나 도법은 상황이 여의치 않고, 결국 박투술을 익힐 수밖에 없는데……."

최치우는 아쉬운 듯 입맛을 다셨다.

그는 천하제일검 이태민이었다.

내공 하나 없는 낭인 무사에서 천마를 쓰러뜨린 무림의 영웅으로 성장한 기억이 아직 생생하다.

검을 자유롭게 들고 다닐 수 있다면 무서울 게 없다.

이태민의 독문검법을 익히면 총을 든 특수부대도 전멸시킬 수 있었다.

그러나 현대의 대한민국에서 검을 차고 다니면 TV 특종 세상에 이런 일에 소개될 것이다.

게다가 한국에서는 허가받지 않은 총검류 소지가 불법이다.

"권왕의 무공은 너무 포악하고, 장제의 재주를 빌려야 하나."

환생 첫날, 최치우는 권왕의 맹아일격을 이용해 김병철을 날려 버렸다.

권왕의 아랑권(餓狼拳)은 흠잡을 데 없는 상승 무공이지만 초식 하나하나가 전부 살초이다.

내공이 쌓인 상태에서 펼치면 아무리 힘 조절을 해도 100% 죽거나 중상이다.

현대에서 요긴하게 쓰기에는 너무 투박했다.

그렇다고 장제(掌帝)의 무공을 익히기도 어려울 것 같았다.

장제의 태극무량장(太極無量掌)은 부드러우면서도 위력적이다.

상대를 간단히 제압할 수도 있고, 때에 따라선 아랑권보다 더욱 사나워지기도 한다.

하지만 결정적인 단점이 있었다.

무당파의 여러 심법 중에서 동자공을 배워야만 태극무량장을 펼치는 게 가능했다.

동자공을 배우면 여자와 사랑을 나누는 순간 단전이 깨져 버린다.

"정신 차리자, 최치우. 무공 하나 때문에 평생 숫총각으로 살 순 없지."

눈을 크게 뜬 최치우는 고개를 절레절레 저었다.

그는 딱히 여색(女色)을 과하게 밝히는 타입이 아니었다.

무림에서는 악명이 자자하던 색마를 직접 잡아 죽이기도 했다.

그 덕에 절세신룡이라는 별호를 얻었다.

하지만 최치우 역시 건장한 남자다.

아름다운 여성을 좋아하는, 그리고 육체의 반응에 솔직한 남성이다.

제아무리 대단한 무공이라 해도 좋아하는 여성과 사랑을 나누는 즐거움을 포기할 정도는 아니었다.

장제의 태극무량장은 아예 머릿속에서 지워 버려도 될 것 같았다.

"그럼 남은 후보가… 아!"

곰곰이 기억을 돌아보던 최치우는 손바닥으로 무릎을 내려 쳤다.

"왜 이 생각을 못했지?"

그는 스스로를 질책했다.

그러나 표정은 훨씬 밝아졌다.

현대에서 쓰기 적합한 상승 무공을 찾아냈기 때문이다.

"금강나한권!"

이름에서부터 불교의 향기가 묻어나온다.

금강나한권(金剛羅漢拳)은 소림사의 독문절기이다.

구파일방의 종주인 소림사에서도 선택받은 무승(武僧)만 전 수받는 최상승 무공이었다.

소림사에는 두 개의 호위 집단이 있다.

바로 사대금강과 십팔나한이다.

어떤 시기에는 사대금강이 소림사의 최종 호법이 되고, 또 어떤 시기에는 십팔나한이 그 자리에 선다.

기준은 간단하다.

당대의 사대금강과 십팔나한이 각자 최고의 재능을 지닌 무 승을 선택해 금강나한권을 전수한다.

이후 두 명의 제자가 비무를 펼쳐 이긴 쪽이 소림사 최종 호 법이라는 영예를 누린다.

이렇듯 금강나한권은 사대금강과 십팔나한의 비법이 결합된 최강의 호위 무공이었다.

백보신권을 뛰어넘는 상승 무공이지만, 호위를 위한 무공이기에 살수가 적다.

물론 필요에 따라 일격에 상대의 목숨을 끊을 수도 있다.

하지만 쓸데없는 살기를 풍기지 않는다는 게 가장 큰 장점이었다.

이제껏 수련해 온 달마역근경의 기운과도 자연스레 융합될 것이다.

"계속해서 땡중들의 무공을 익히려니 찝찝하지만, 그래도 동자공이 아니라서 다행이군."

최치우는 피식 웃으며 소림사에서의 일화를 추억했다.

그도 직접 금강나한권을 익힌 적은 없었다.

다만 천마의 암습으로부터 소림사 방장을 구해줬고, 고마움의 표시로 여러 비급을 보며 무공에 대한 이해를 높일 기회를 부여받았다.

눈을 감고 정신을 집중하니 낡은 비급 안에 적혀 있던 구절이 또렷하게 떠올랐다.

최치우의 결정으로 전설 속 소림사의 최강 호위 무공이 현대에 되살아나게 됐다.

우웅― 우우웅―

그때 눈치 없이 스마트폰이 울렸다.

최치우는 미련 없이 몸을 일으켰다.

금강나한권을 좁은 집 안에서 수련할 수는 없었다.

아무래도 적절한 공간을 찾아야 할 것 같았다.

"모르는 번호네?"

그는 별다른 생각 없이 전화를 받았다.

금강나한권에 신경이 몰려 있었던 것이다.

"여보세요."

ㅡ최치우 씨? 아니, 최 작가님?

"네? 누구십니까?"

ㅡ네트 콘텐츠팀장 윤영국입니다. 한번 만나 뵙고 싶습니다, 작가님.

네트는 콧대 높은 회사이다.

단순히 국내 최고의 웹툰 플랫폼이기 때문은 아니었다.

그들은 대한민국의 온라인 세계를 지배하는 공룡이고, 이제는 뉴스와 웹툰을 비롯해 거의 모든 콘텐츠 생태계를 집어삼키고 있었다.

구글이 힘을 못 쓰는 몇 안 되는 나라가 바로 한국이다.

여러 잡음이 있지만, 네트가 수문장 역할을 하고 있는 것이 사실이었다.

케이툰은 모바일에 특화된 전문 기업이다.

국민 메신저로 출발한 케이툰은 대리운전, 내비게이션 등 각종 O2O 서비스를 런칭해 매출을 극대화시키고 있었다.

당연히 미래 먹거리인 콘텐츠에도 관심을 드러냈고, 그렇게 만들어진 계열사가 케이툰이다.

전체 회사 규모에서는 네트를 따라갈 수 없지만, 모바일 콘텐츠 분야에서는 케이툰이 1위이다.

몇 달 전에는 웹툰과 웹소설을 포함한 전체 콘텐츠 일 매출이 5억을 넘겼다는 기사도 나왔다.

물론 매일 5억 원어치 웹툰과 웹소설을 파는 건 아니겠지만, 콘텐츠만으로 연 매출 1,000억을 달성한 대기업이다.

판교에 세워놓은 사옥 빌딩만 봐도 네트와 케이툰의 위상을 짐작할 수 있었다.

건축비로만 몇 백억을 쏟아부을 수 있는 회사는 그리 흔치 않다.

그런데 최치우는 한국을 대표하는 온라인 모바일 기업인 네트와 케이툰으로부터 모두 러브콜을 받았다.

신경질적이던 윤영국 팀장이 사근사근한 목소리로 전화를 건 게 시작이었다.

윤 팀장과 미팅 약속을 잡고 30분쯤 지났을까.

또 모르는 번호로 전화가 걸려왔다.

케이툰의 웹툰팀장 강영아였다.

우격다짐으로 원고를 전달한 날, 강영아는 윤영국보다 더 매몰찬 태도를 보여줬다.

그러나 전화 통화에서는 마치 큰누나처럼 다정하고 포근한 말투로 최치우를 설득했다.

반드시 리얼 헌터를 케이툰에 연재해야 한다는 뜻이다.

최치우는 윤영국과 오후 3시, 강영아와 오후 4시에 각각 약속을 잡았다.

이번에는 멀리 떨어진 판교까지 가지 않았다.

하루 사이에 갑과 을이 바뀐 셈이다.

"최 작가님!"

카페 문이 열리고 윤영국이 환한 미소를 지으며 들어왔다.

충혈된 눈으로 짜증을 내던 얼굴이 선하지만, 최치우는 전혀 내색하지 않았다.

"금방 다시 뵙게 됐네요, 팀장님."

"제가 그날은 좀 무례했지요?"

"아닙니다. 약속도 안 잡고 찾아갔으니까요."

"솔직히 깜짝 놀랐습니다. 인쇄물과 USB를 그냥 쓰레기통에 버리려 했는데… 우연히 본 한 컷이 괜찮아서 한번 보기나 하자는 생각이 들었고, 결국 연락을 드리게 됐습니다."

윤영국은 그날 있던 일을 털어놓았다.

최치우의 예상이 적중했다.

USB만 줬다면 절대 리얼 헌터를 보지 않았을 것이다.

인쇄물을 칼라로 뽑아 갔기 때문에 어떻게든 한 컷을 보게 됐고, 결국 리얼 헌터에 빠져들고 말았다.

윤영국 팀장은 콘텐츠 분야의 전문가이다.

아무나 네트 콘텐츠팀을 이끌 수 없었다.

그가 한번 뜨면 출판사와 콘텐츠 제작사, 에이전시, 매니지먼트, 그리고 네트에 입성하길 원하는 작가들까지 긴장하며 얼어붙는다.

"작가님, 제가 마실 것 먼저 가져오겠습니다. 커피 괜찮으시죠?"

그러나 악명 높은 윤영국은 싹싹한 신입 사원처럼 최치우의 기분을 맞추려 노력했다.

이유는 간단했다.

괜찮은 작품을 연재해서 인기를 끌어야 콘텐츠팀의 실적이 좋아진다.

리얼 헌터라는 예사롭지 않은 작품을 보유한 최치우는 윤영국의 밥줄을 보장해 줄 사람이다.

인기 작가 앞에서는 모두 을이 될 수밖에 없었다.

최치우는 아직 정식으로 연재하지도 않았지만 윤영국에게 인기 작가 대우를 받고 있었다.

"최 작가님, 설마 리얼 헌터가 첫 번째 작품은 아니시겠죠?"

"처음 도전해 본 겁니다."

"아니… 그런데 어떻게 이 정도로 밀도 높은 스토리를 구성할 수 있는지 모르겠습니다. 한 회에 기승전결을 담으면서 동시에 다음 회가 궁금해지게 만드는 절단마공! 기성작가들도 어려운 걸……"

"재밌었다니 다행이군요."

"재미가 있는 정도가 아닙니다. 그랬다면 팀장인 제가 여기까지 직접 오지 않았을 겁니다. 작가님, 무조건 우리 네트와 계약하시죠. 목요일? 금요일? 원하시는 요일에 작품 넣고 메인 배너에서 홍보까지 팍팍 해드리겠습니다!"

윤영국은 음료를 들고 자리에 앉자마자 적극적으로 나섰다.

팀장이 직접 이런 조건을 내거는 경우는 거의 없다.

더구나 신인 작가에게는 파격적인 대우이다.

그럼에도 불구하고 최치우는 흥분하지 않았다.

주도권을 자신이 잡았다는 걸 본능적으로 알았기 때문이다.

"감사합니다, 팀장님. 당장 계약서에 사인을 하고 싶지만 그림 작가와도 상의를 해야 하고… 무엇보다 조금 뒤 케이툰 담당자를 만나기로 했습니다."

"케이툰 담당자를요? 누가 나온다고 합니까?"

"강영아 팀장님이 온다고 들었습니다."

"그 불여시가! 아, 이런. 죄송합니다, 작가님. 아무튼 강영아는 안 됩니다. 네트가 1위 업체답게 무조건 케이툰보다 더 나은 조건으로 세팅하겠습니다."

최치우는 앳된 얼굴로 자연스레 강영아의 이름을 말했을 뿐이다.

능구렁이 작가들이 간 보기를 하는 것처럼 보이진 않았다.

하지만 덕분에 윤영국의 경쟁심을 부추기게 됐다.

네트와 케이툰, 윤영국과 강영아.

웹툰 바닥의 오랜 라이벌이 최치우의 리얼 헌터를 놓고 맞붙게 된 것이다.

"오해를 살까 봐 조심스럽지만, 선약을 했으니 그 후에 결정을 내리는 게 도리 같습니다. 윤 팀장님의 진심은 제게 충분히 전해졌습니다."

"알겠습니다, 작가님. 그런데 혹시 그림 작가님은 어떤 분이신지 알 수 있을까요?"

"그림 작가는 당분간 저를 통해서만 외부와 접촉할 예정입니다. 계약을 하게 되는 날 소개시켜 드리겠습니다."

최치우는 확실하게 선을 그었다.

업체에서 문지유와 개별적으로 미팅을 하면 일이 꼬일 수 있었다.

서로 괜한 오해가 생기고, 사소한 불신 때문에 팀이 붕괴될지도 모른다.

그렇기에 처음부터 대외 활동은 리더인 자신이 하겠다고 나섰다.

내성적인 성격의 문지유도 오히려 고마워했다.

윤영국은 눈앞에 앉은 고3 신인 작가가 만만치 않다고 느꼈다.

작품은 대단했지만 직접 만나면 손쉽게 구워삶을 줄 알았다.

그런데 순진한 건지 노련한 건지 감을 잡기도 힘들었다.

'대체 어디서 나타난 괴물이지…….'

윤영국은 속마음을 숨기고 웃는 낯으로 이런저런 이야기를 계속했다.

네트에서 정식으로 연재하면 어떤 혜택이 있는지 쉬지 않고 설명했다.

이만한 열정이 있으니 30대 후반이라는 젊은 나이에 팀장이 된 것 같았다.

그러다 보니 시간이 훌쩍 지났다.

최치우는 윤영국와 말을 경청하고 있었다.

웹툰업계의 비밀스러운 이야기를 듣는 재미가 쏠쏠했다.

"어머, 우리 최 작가님! 이렇게 다시 보니 얼마나 반가운지
몰라요!"

4시 10분 전, 일찍 도착한 케이툰 웹툰팀장 강영아가 나타났
다.

그녀는 과감하게 가슴골이 드러난 옷을 입고 딱 달라붙는
스키니 진으로 S라인 몸매를 과시하고 있었다.

알 것 다 아는 30대 중반의 섹시함이 풀풀 풍겼다.

강영아 역시 첫 만남에서는 최치우를 쳐다보지도 않았다.

"강 팀장, 오랜만입니다."

윤영국이 어색한 표정으로 인사를 건넸다.

그를 확인한 강영아는 순간 인상을 찡그렸다가 금방 미소를
지었다.

"이게 누구야? 윤영국 팀장님 아니세요? 요즘 네트에서 연재
하던 작가들이 계약 위반으로 소송 걸어 고생하신다고 들었는
데, 얼굴이 많이 상하셨네요."

최치우는 팔짱을 끼고 두 사람의 신경전을 흥미진진하게 관
전했다.

본의 아니게 판을 벌인 셈이 됐다.

어쩌면 약간은 본의가 들어갔을 수도 있지만 말이다.

"두 분, 아시는 사이였군요. 제가 이런 미팅이 처음이라 실례

를 한 것 같습니다."

최치우는 티 없이 맑은 눈빛으로 난감한 표정을 지었다.

물론 하나도 안 난감했다.

웹툰업계에서 신인이 받을 수 있는 조건에는 한계가 있다.

양대 포털과 정식 계약을 맺으면 그 한계를 뛰어넘을 수 있고, 대박이 보장된 기대작이면 또 한 번 한계를 넘을 수 있다.

거기에 더해 최치우는 경쟁사끼리 자존심 싸움을 붙여 버렸다.

기성작가가 이렇게 미팅 일정을 잡으면 욕을 엄청 먹는다.

그러나 아무것도 모르는 고등학생 신인의 얼굴로 판을 벌였기에 흠이 안 됐다.

"미팅 끝났으면 그만 일어나시죠, 윤영국 팀장님?"

"아직 작가님과 할 이야기가 남아 있습니다. 2순위로 왔으면 기다리세요, 2위 업체의 강영아 팀장님."

"모바일에서는 우리가 1위인 거 몰라요?"

"요즘도 PC로 웹툰 보는 사람이 얼마나 많은데 모바일 타령이십니까?"

점입가경이다.

그만큼 리얼 헌터의 가능성이 크기에 두 사람이 체면 불구하고 목소리를 높이는 것이다.

다음 날, 최치우는 둘 중 한 사람과 만나 계약서에 사인을 했다.

이제껏 그 어떤 신인도 받지 못한 조건이었다.

계약금 5천만 원, 선인세 5천만 원.

총 1억 원, 당일 즉시 입금.

문지유는 당장 모든 알바를 때려치웠고, 최치우는 금강나한권을 수련하기 위한 체육관을 알아봤다.

여름의 무더위가 한창이다.

하지만 최치우의 여름은 더욱더 뜨거워질 것 같았다.

가을이 찾아오려면 한참 멀었다.

수확의 계절이 오기 전까지 최치우는 태양처럼 빛을 내고 있었다.

7장

금강의 재림

5천만 원에서 3.3%의 세금을 뗀 금액이 통장에 꽂혔다.

파이트 클럽 운영자에게 받은 4백만 원은 불과 한 달이 지나 열 배 넘게 불어났다.

웹툰으로 돈을 벌겠다는 최치우의 작전이 통한 것이다.

최치우는 일곱 차원을 넘나들며 다양한 인생을 살았지만, 돈을 버는 게 목적이던 적은 없었다.

그런데 의외로 돈 버는 재주가 있는 것 같았다.

적어도 고등학교 3학년이 할 수 있는 최대치 이상을 이뤄내고 있었다.

그림 작가 문지유는 최치우를 인생의 구원자로 믿고 따르게 됐다.

하루도 쉬지 않고 알바를 전전하던 스물한 살의 습작생이 최치우를 만나 일약 네트 정식 연재 작가가 됐다.

계약금과 선금 1억 원은 문지유가 꿈도 못 꾼 액수였다.

그녀는 최치우의 말이라면 껌뻑 죽을 기세였고, 고시원에서 오피스텔로 거처와 작업실을 옮겼다.

비축분을 쌓은 뒤에는 채색과 터치 작업을 도와줄 문하생도 뽑을 예정이다.

이제 시작일 뿐이지만 문지유는 인생 역전의 기쁨을 누리고 있었다.

최치우는 강영아 팀장의 케이툰 대신 윤영국 팀장의 네트와 계약을 맺었다.

이유는 간단했다.

네트의 조건이 더 좋았기 때문이다.

그는 인간 대 인간이 아니라 업체 대 작가로 협상을 했다.

겨우 몇 번 만났다고 해서 업체 담당자와 인간적인 관계가 됐다고 기대하면 안 된다.

그렇게 생각하는 순간 호구로 전락한다.

최치우의 경험치를 평범한 고등학교 3학년과 비교할 수는 없다.

그는 네트와 케이툰의 경쟁을 유발시켰고, 1억 원 당일 입금을 제시한 윤영국의 손을 들어줬다.

그러면서도 강영아와의 끈을 놓치지 않았다.

어쩔 수 없이 네트와 계약을 하지만, 다음 작품은 케이툰과

긍정적으로 의논해 보고 싶다는 말을 덧붙였다.

리얼 헌터가 성공하면 두 번째 웹툰을 계약할 때는 케이툰도 더 나은 조건을 들고 올 것이다.

무작정 판교로 찾아간 날부터 사흘 만에 1억 원을 당긴 최치우는 흥분하지 않았다.

5천만 원은 큰돈이지만, 최치우의 그릇은 그보다 훨씬 더 크다.

그는 아무 일 없는 듯 계획대로 움직였다.

문지유처럼 이사를 갈 필요도 없었다.

멋진 아파트를 사고 어머니에게 가게를 선물할 수 있을 때까지 모든 걸 비밀로 할 계획이다.

스토리를 짜내는 것도 여유로웠다.

머릿속에 살아 넘치는 이야기를 적당히 정리하면 작업이 끝난다.

나머지는 문지유의 몫이다.

3회까지 작업하며 감을 잡은 문지유는 기대 이상으로 선전하고 있었다.

통장에 거액이 꽂히니 그녀에게 200% 동기부여가 된 모양이다.

대신 최치우는 체육관을 알아봤다.

본격적으로 상승 무공을 수련하기 위해선 알맞은 공간이 필요했다.

무력을 끌어 올리는 것은 돈 버는 일 못지않게 중요했다.

위기의 순간이 언제 찾아올지 모르기 때문이다.

뿐만 아니라 최치우의 영혼은 강해지지 않고선 견딜 수 없는 속성을 타고났다.

지구에서 가장 강한 남자가 되는 것, 최신식 무기를 지닌 군단도 제압할 수 있을 것.

허무맹랑한 미션처럼 보여도 최치우가 반드시 달성해야 할 목표였다.

"이 정도면 괜찮겠는데요."

텅 빈 체육관을 돌아본 최치우가 만족스러운 듯 고개를 끄덕였다.

그를 안내한 부동산 사장님이 화색을 띠었다.

"그럼 여기로 계약하겠나?"

"월세가 얼마라고 했죠."

"권리금은 없고 보증금 천에 월세 백이네. 아주 저렴하게 나왔지."

합리적인 가격이었다.

이곳은 집 근처의 상가 건물 꼭대기에 덩그러니 남겨진 태권도 체육관이다.

체육관이 망하고 석 달이 지나서 조금 지저분했지만 그만큼 싸게 나왔다.

무엇보다 같은 층에 다른 상가가 없는 게 마음에 들었다.

"넓고 탁 트였고. 여기로 계약하겠습니다."

"잘 생각했네. 건물주도 무심한 양반이라 월세만 잘 넣으면 신경 쓰지 않을 걸세."

"오늘 바로 계약서 썼으면 좋겠습니다."

"그럼세, 그럼세. 한데… 어려 보이는데 태권도 체육관을 운영할 생각인가?"

"아닙니다."

최치우는 딱 잘라 대답했다.

자세히 묻지 말라는 뉘앙스가 묻어났다.

눈치 빠른 부동산 사장님은 금방 화제를 돌렸다.

최치우는 부동산으로 걸어가며 문지유에게 전화를 걸었다.

웹툰 계약과 달리 부동산 임대 계약을 하려면 대리인이 필요했다.

그렇기에 최치우의 말이라면 무조건 믿고 따르는 문지유를 부른 것이다.

그는 강해지기 위한, 세상의 정점이 되기 위한 과정을 차근차근 밟아갔다.

최치우는 한 걸음씩 걷는다고 생각하지만, 남들이 보기엔 초스피드 질주일 것이다.

중요한 것은 속도가 아니었다.

어제보다 오늘이 낫고 오늘보다 내일이 나아야 한다는 사실이다.

최치우는 성장의 궤도에 올라탔다.

그게 로켓이든 자동차든 마차든 꾸준히 성장한다는 게 핵심이다.

한여름의 더위는 그의 열정만큼 기승을 부리고 있었다.

*   *   *

슈우욱— 펑!

퍼퍼펑!

주먹이 허공을 때릴 때마다 바람 터지는 소리가 울렸다.

눈으로 따라가기 힘든 속도였다.

최치우는 양팔을 자유자재로 뻗으며 다양한 초식을 펼쳤다.

만약 그의 앞에 사람이 서 있다면?

생각하는 것만으로도 끔찍했다.

웬만한 사람은 10초도 버티지 못하고 곤죽이 돼 쓰러질 것 같았다.

"후우— 쉽지 않다."

정작 최치우는 스스로 만족하지 못했다.

동작을 멈추고 땀을 닦으며 방금 전의 움직임을 돌아봤다.

초식과 초식의 연결이 매끄럽지 못했다.

주먹에도 훨씬 더 묵직한 힘이 실려야 금강나한권의 이름에 부끄럽지 않을 수 있었다.

본격적으로 금강나한권을 수련한 지 일주일이 지났다.

이만하면 엄청나게 빨리 익히고 있는 셈이다.

그렇지만 최치우의 기준은 상상 이상으로 높았다.

"내공이 부족한 게 첫 번째 문제, 초식에 대한 이해가 떨어지는 게 두 번째 문제."

그는 왜 발전 속도가 더딘지 정확히 파악하고 있었다.

빈약한 내공으로 일주일 사이 일성(一成)의 성취를 얻었으니 무림에서는 천재라고 불릴 것이다.

그러나 최강의 존재이던 기억이 있기에 아쉬움이 더 컸다.

"내공은 꾸준히 수련하는 것도 중요하지만 특별한 계기를 만들어야 되겠어. 영약을 먹거나 추궁과혈을 받아 추진력을 얻으면 몇 단계는 그냥 점프할 수 있으니까."

단전에 쌓이는 내공은 대각선으로 증가하지 않는다.

평소에는 진전이 느리다가 일순간에 확 늘어나는 계단식 그래프에 가깝다.

현대에 추궁과혈로 내공을 전수해 줄 고수는 없을 것이다.

그렇다면 답은 하나, 영약을 구해 먹는 게 지름길이다.

최치우는 통장 잔고를 떠올리며 다음 문제를 고민했다.

"초식에 대한 이해는 역시 실전으로 터득해야지."

실전 경험보다 더 나은 수련은 없다.

내공을 쓰지 않고 육체의 힘만 이용해 초식으로 싸우면 오의(奧義)를 깨닫는 데 도움이 될 것 같았다.

금강나한권은 전생에서 익히지 않은 무공이기에 각별한 노력을 기울여야 했다.

"슬슬 연락이 올 때가 됐는데."

파이트 클럽 운영자는 예상외로 잠잠했다.

운영자가 준 400만 원이 시드 머니가 되어 웹툰 계약까지 체결했는데 아직 별다른 오퍼가 없었다.

"때가 되면 다시 만날 테니… 오늘은 하던 거나 끝내고 공부하자."

최치우는 생각을 접고 몸을 움직였다.

사대금강과 십팔나한의 무공이 그의 손끝에서 재현되고 있었다.

소림사 최강의 호위 무공이 무르익는 날, 세상은 절대 깨지지 않는 금강의 화신을 만나게 될 것이다.

웹툰, 무공, 그리고 공부까지.

최치우는 하나도 놓치지 않고 자신을 완벽한 보석으로 다듬어갔다.

벌써 지치기에는 하루하루 남다르게 성장하는 재미가 너무 컸다.

머나먼 여정의 출발점을 막 벗어났을 따름이다.

체육관에서 땀을 뻘뻘 흘리는 그의 얼굴이 행복해 보였다.

시간은 똑같은 속도로 흐르지 않는다.

지루한 수업 시간에는 일 분이 한 시간처럼 느껴지고, 좋아하는 여자와 이야기를 나눌 때는 한 시간이 일 분처럼 느껴진다.

여름방학도 마찬가지였다.

아스팔트를 녹일 듯 뜨겁게 내리쬐던 태양의 기세가 조금씩 약해지고 있었다.

자유롭게 미래를 준비할 수 있던 여름방학의 끝이 가까이 왔다는 뜻이다.

9월에 개학을 하면 11월 수능이 코앞이다.

고등학교 3학년이라는 특수한 신분을 누릴 날도 얼마 남지 않은 셈이다.

그러나 최치우는 지나간 방학이 아쉽지 않았다.

탱자탱자 놀면서 허송세월을 했다면 흘러간 여름이 아까울 것이다.

하지만 최치우는 둘째가라면 서러울 정도로 치열한 여름을 보냈다.

단순히 날씨 이야기를 하는 게 아니다.

한여름의 태양보다 뜨겁게 움직이며 미래를 준비했기 때문이다.

쐐애액─ 퍼퍼펑!

직선으로 뻗은 주먹 끝에서 바람이 압축되어 터졌다.

최치우가 가진 내공으로 펼칠 수 있는 최고의 경지, 권풍(拳風)이었다.

손바닥을 펼치고 권풍을 쏘아내면 사람들이 흔히 말하는 장풍(掌風)이 된다.

최치우는 영화에 나오는 경지를 서울의 외딴 체육관에서 구현하고 있었다.

"내공은 진짜 함부로 쓰면 안 되겠다. 사람 하나 잡는 건 일도 아니겠어."

수련을 멈춘 최치우가 혼잣말을 중얼거렸다.

단전에 쌓인 내공은 이제 겨우 손톱 크기를 벗어나고 있었다.

아직 손가락 한 마디만도 못하다.

그럼에도 권풍의 위력이 제법 강렬해 보였다.

금강나한권이라는 무공 자체가 워낙 뛰어나서 소량의 내공으로도 강한 힘을 발휘하는 것이다.

"여전히 몸에 붙지는 않는군."

최치우는 뭔가 불만인 듯 티셔츠를 벗었다.

그의 상체에는 한 달 사이 눈에 띌 정도로 잔근육이 붙어 있었다.

우락부락한 근육질은 아니었다.

그러나 육체의 힘을 폭발시키기 위해선 큰 덩어리의 근육보다 잔 근육이 촘촘히 들어서는 게 더 낫다.

공교롭게도 이런 몸매가 요즘 트렌드였다.

하지만 최치우는 자기 몸매를 감상하기 위해 웃통을 벗은 게 아니었다.

그는 이어서 바지도 벗었다.

아무도 없는 체육관 중앙에 달랑 속옷 한 장만 걸치고 섰다.

어떤 방해도 받지 않고 몸의 흐름을 느끼려는 것이다.

"초식의 오의를 이해하기 위해서는 몰입해야 해."

최치우는 문제의 정답을 알고 있었다.

부족한 실전 경험은 채워 나가면 된다.

금강나한권을 만들고 익힌 사람들, 즉 소림사 무승의 마음을 헤아리는 것이 실전만큼 중요했다.

그가 두 눈을 감았다.

이 순간 최치우는 대한민국 고등학생이 아닌 소림사 본산의 무승이 되었다.

무공에 담긴 그들의 전통과 정신을 이해할 때, 비로소 금강나한권이 몸에 딱 맞는 옷처럼 느껴질 것 같았다.

"일초식부터 다시……."

최치우는 모든 자존심을 내려놓았다.

망자의 영혼을 흡수해 제국을 멸망시킨 링스 월드에서의 기억, 최강의 헌터로 세상을 구한 기억, 천하제일검이 되어 천마를 쓰러뜨린 기억, 현자가 되어 마법의 지평을 넓힌 기억, 기계화 군단을 이끌고 로봇 대전을 벌인 기억 등등 세계의 꼭대기에서 수많은 사람을 내려다보던 경험은 잠시 묻어둘 필요가 있었다.

금강나한권을 수련할 때는 소림사 무승의 심정으로 몰입해야 한다.

바로 이것이 새로운 무공을 온전하게 터득하는 실마리였다.

우우우웅— 우우우웅—

그때였다.

마음을 잡고 다시 수련을 하려는 찰나, 전화기가 눈치 없이 울렸다.

무음으로 바꾼다는 걸 깜박한 모양이다.

그냥 무시하기엔 폰이 너무 요란하게 진동하고 있었다.

"휴, 쉬었다 하자."

최치우는 자세를 풀고 눈을 떴다.

그는 폰을 던져둔 체육관 구석으로 걸어갔다.

액정 화면에는 전혀 모르는 번호가 떠 있었다.

"여보세요."

─치우 군!

낯선 목소리였다.

그러나 마치 최치우를 잘 아는 듯 스스럼없는 호칭을 사용하고 있었다.

"누구… 아, 운영자!"

최치우는 음성의 주인이 누구인지 금방 알아차렸다.

파이트 클럽의 운영자.

애들에게 돈을 주고 싸움을 붙이는, 하지만 자기 말로는 선수를 육성하는 거라 주장하던 중년인이다.

여름방학이 끝나갈 무렵 운영자에게서 연락이 온 것이다.

─내 목소리를 기억하다니 영광이네.

"생각보다 연락이 늦었군요."

─기다리고 있던 건가? 자네에게 어울리는 무대를 찾고 있었지.

"400만 원을 썼으니 그냥 사라지진 않을 거라고 예측했습니다."

─그때도 느꼈지만 나이답지 않은 판단력이야. 아무튼 고민은 좀 해봤나?

"만나서 이야기하죠. 내일 2시 홍제역 앞에서."

─귀한 유망주의 부름이니 내가 직접 가야지.

최치우는 운영자에게 질질 끌려가지 않았다.

약속 시간과 장소도 일방적으로 통보했다.

어떤 이유에서인지 운영자도 순순히 동의하고 전화를 끊었다.

그에게도 최치우라는 참신한 카드가 필요한 것 같았다.

최치우는 실전 경험도 쌓고 돈도 벌 수 있기에 파이트 클럽에서 활동해 볼 생각이다.

하지만 주도권은 자신이 가져야 한다.

장기의 졸이 될 바에는 판을 엎어버릴 것이다.

"재밌어지겠는데."

폰을 무음 모드로 바꾼 최치우는 씨익 미소를 지었다.

개학하기 전 피를 달아오르게 만드는 이벤트가 생길 것 같았다.

파이트 클럽에 얼마나 대단한 강자들이 있는지, 내공을 쓰지 않고 경험하는 실전은 어떤 느낌일지 궁금했다.

거기에다 돈도 벌 수 있다면 꿩 먹고 알 먹는 격이다.

"UFC처럼 시시하진 않겠지?"

누가 최치우의 혼잣말을 들었다면 정신이 나갔다고 할 것이다.

그러나 최치우는 진심이었다.

세계 최고의 파이터들이 모이는 UFC도 짜고 치는 장난처럼 보였다.

부디 파이트 클럽은 자신을 자극할 수 있는 무대이기를 바랐다.

운영자의 전화를 받았기 때문일까.

체육관 중앙에서 수련에 임하는 그의 표정이 이전보다 진지해진 것 같았다.

＊　　　　　＊　　　　　＊

파이트 클럽 운영자는 허풍을 떤 게 아니었다.

대한민국에서 돈과 권력을 가진, 그러면서도 심심해 죽을 것 같은 미친놈들이 파이트 클럽의 스폰서 군단이었다.

고등학생이나 길거리 파이터들이 싸우는 동영상을 찍어 올리는 건 주니어 리그 축에도 못 들었다.

메이저리그와 비교하면 싱글 A보다 낮은 단계였다.

최치우는 운영자의 추천으로 단번에 어둠의 세계에서 이름난 강자와 맞붙게 됐다.

운영자는 오늘 무대가 야구로 따지면 더블 A 수준이라고 일러줬다.

그렇기에 진짜 엄청난 스폰서들은 많이 참석하지 않았다고 한다.

그런데도 파이트 머니가 2천만 원이다.

국내 최고의 종합 격투기 리그에서도 파이트 머니로 2천만 원을 받는 선수는 거의 없었다.

파이트 클럽 운영자는 TV에 나오는 격투기를 전부 쇼라고 폄하했다.

대전료 차이만 봐도 그 이유를 알 것 같았다.

만약 최치우가 이기면 얼마를 벌지 모른다.

기본 파이트 머니 2천만 원에 싸움을 지켜본 스폰서들이 자유롭게 승리 수당을 붙여준다.

파이트 클럽 스폰서들은 짠돌이가 아니었다.

화끈하게 이기면 승리 수당이 파이트 머니의 두 배, 세 배로 불 수도 있었다.

'돈을 벌려고 싸우는 건 아니지만 준다는데 나쁠 건 없지. 웹툰으로는 꾸준히 벌고 여기선 가끔 목돈을 챙기면 되겠다.'

최치우는 가볍게 몸을 풀었다.

선수 대기실에도 샌드백이 설치돼 있었다.

운영자는 강남의 대형 종합 격투기 체육관을 통째로 빌렸다.

최치우가 수련을 위해 임대한 낡은 체육관보다 열 배는 더 넓은 공간이었다.

당연히 오늘은 파이트 클럽의 선택을 받은 사람들만 입장할 수 있었다.

'누구랑 싸우게 될까?'

샌드백을 두들기다 보니 호기심이 생겼다.

최치우는 아직까지 어떤 상대와 싸우게 될지 몰랐다.

파이트 클럽은 키나 몸무게로 체급을 나누지 않았다.

룰이 없는 무제한 격투이니 누가 나와도 싸워 이기면 장땡이다.

운영자는 무대에 오르기 10분 전에 상대의 정보를 가르쳐 주는 게 원칙이라고 했다.

사전 정보가 없어야 공평하게 평소의 실력대로 싸울 수 있기 때문이란다.

똑똑.

노크 소리와 함께 대기실 문이 열렸다.

미니스커트를 입은 미녀가 들어왔다.

"경기 10분 전이에요."

그녀가 붉은 입술을 달싹이며 종이 한 장을 건넸다.

최치우는 말없이 종이를 받아 읽었다.

드디어 누구와 싸우게 될지 알게 됐다.

"김인철, 키 190에 몸무게 105. 헤비급이네?"

어이가 없어 웃음이 나왔다.

운영자는 최치우의 첫 상대를 헤비급으로 매칭시켰다.

격투기 상식으로는 말도 안 되는 일이지만, 파이트 클럽은 모든 상식을 파괴하는 무대이다.

"주요 경력은… 칠성파 행동대장. 하하하하! 재밌네, 재밌어."

어설픈 양아치가 아니라 국내에서 손꼽히는 진짜배기 조폭과 싸워야 한다.

최치우는 혼자 남은 대기실에서 웃음을 터뜨렸다.

고등학교 3학년의 상대로 헤비급 조폭을 선택한 파이트 클럽 운영자도 재밌었고, 칠성파 행동대장이 겨우 더블 A 수준에서 뛴다는 것도 재밌었다.

그는 웃음기를 머금은 채 대기실 문을 열고 나왔다.

어둠의 무대에 올라 환생 후 처음으로 실전다운 실전을 체험할 시간이 된 것이다.

무대는 예상 외로 조용했다.

툭 솟아난 링 위로 조명이 집중됐다.

관객석에 앉은 사람들은 어둠 속에 얼굴을 숨기고 있었다.

하지만 최치우는 어떤 사람들이 스폰서 자리에 앉아 있는지 확인했다.

무공을 수련하며 날카로워진 시각 덕분이다.

'대략 열 명 정도? 그렇게 많지는 않군. 뒤쪽에 서 있는 사람들은 스폰서들의 비서와 경호원일 테고.'

어둠에 가려진 관객석을 훑어본 최치우는 가볍게 바닥을 박찼다.

링에 올라서자 상대가 보였다.

맞은편 구석에 먼저 올라와 있는 키 190에 몸무게 105킬로의 거구.

다름 아닌 칠성파 행동대장 출신 김인철이었다.

'더럽게 크다. 오크랑 비슷하겠는데?'

최치우는 저도 모르게 피식 웃었다.

김인철의 체구는 아슬란 대륙의 오크를 연상시켰다.

오크는 딱 저만한 덩치와 낮은 지능, 흉포한 본능으로 인간들을 괴롭혔다.

물론 파이어볼 한 방에 꽁지가 빠져라 도망가는 족속이기도 했지만 말이다.

'여기서 파이어볼은 무슨, 내공도 안 쓰고 붙어야 시험이 되겠지.'

최치우는 단전에 쌓인 내공을 아예 사용하지 않을 계획이다.

미력한 내공이나마 운용하는 순간 치트키를 쓰는 셈이다.

실전 경험을 쌓기 위해선 자제하는 편이 나았다.

내공을 써야만 상대할 수 있는 강자를 만나기 전까진 최대한 원칙을 지킬 생각이다.

"오래 기다리셨습니다, 여러분. 오늘 준비한 세 개의 매치 중에서 첫 번째 카드를 소개하겠습니다."

그때 파이트 클럽 운영자가 링 아래에서 목소리를 높였다.

그는 마이크를 안 들었고, UFC 아나운서처럼 호들갑을 떨지도 않았다.

소수의 인원만 모여 있기에 굳이 오버할 필요가 없었다.

여기 모인 스폰서들은 피 튀는 싸움으로 아드레날린이 분비되기를 원한다.

그래서 더 화끈한 자극을 위해 싸움 시작 전에는 일부러 요란을 안 떠는 것 같았다.

"라이트 사이드, 키 190㎝에 몸무게 105㎏, 파이트 클럽 전적 4승 1패, 김인철!"

소개를 받은 김인철이 링 위에서 어두운 객석을 향해 허리를 숙였다.

신분을 드러내지 않은 스폰서들이 파이트 머니 이상의 승리 수당을 챙겨주기 때문이다.

김인철은 파이트 클럽 안에서 제법 알려진 유명 인사였다.

그가 등장하자 객석의 스폰서들이 살짝 웅성거렸다.

"레프트 사이드, 키 177㎝에 몸무게 75㎏, 파이트 클럽 데뷔전, 최강!"

최치우는 가명을 사용했다.

파이트 클럽에서의 일이 외부로 알려질 가능성은 극히 낮다.

그럼에도 굳이 본명을 쓰고 싶지 않았다.

웹툰 리얼 헌터를 연재할 때도 문지유는 본명을 쓰지만 최치우는 최강이라는 필명을 쓰기로 했다.

우둑─ 우두둑─

김인철이 목을 좌우로 꺾자 우악스러운 소리가 들렸다.

딴에는 기선 제압을 하려는 것 같았다.

최치우는 여유로운 자세로 그를 쳐다봤다.

체급으로는 게임이 되지 않는다.

아마 김인철은 오늘 싸움을 거저먹는다고 생각할 것 같았다.

"매치 시작 전, 마지막 배팅 받겠습니다."

미니스커트를 입고 대기실에서 쪽지를 전해준 미녀가 객석

사이사이를 돌아다녔다.

스폰서들의 여흥을 돋우기 위해 승리 예측 도박을 하는 모양이다.

보나마나 김인철의 승리에 돈을 거는 사람이 대다수일 것이다.

'우리나라 조폭이 얼마나 잘 싸우는지 한번 볼까.'

최치우는 신경을 김인철에게 집중시켰다.

파이트 클럽에서는 최치우를 새파란 도전자로 인식하고 있었다.

하지만 실상은 달랐다.

최치우에게 있어 김인철은 테스트 상대일 뿐이었다.

"매치— 업!"

운영자가 싸움의 시작을 알렸다.

룰이 없으니 심판도 없다.

중상을 입거나 죽어도 책임은 스스로의 몫이다.

돈과 권력을 가진 스폰서들은 얼마든지 사고사로 위장시킬 수 있었다.

실제로 파이트 클럽에서 죽어나간 사람이 적지 않다고 들었다.

무기를 써도 되는 스페셜 매치도 있다고 하니 그야말로 야생의 전투장이었다.

"운영자가 돌았나 보다, 꼬맹아."

김인철이 슬렁슬렁 다가오며 조소를 흘렸다.

노골적으로 최치우를 무시하고 있었다.

최치우는 고개를 들어 그의 눈을 마주 봤다.

"최선을 다해봐."

긴말하지 않았다.

칠성파 행동대장의 최선을 경험하고 싶을 따름이다.

그러나 최치우의 담담한 말이 김인철의 성질을 긁었다.

어리고 작은 놈이 건방지게 선생 같은 태도를 보였기 때문이다.

후우욱!

주먹이 날아왔다.

덩치에 어울리지 않는 속도였다.

샥—

최치우의 머리칼이 주먹 끝에 스쳤다.

솥뚜껑 같은 주먹을 한 끗 차이로 피했다.

김인철은 작심한 듯 주먹을 퍼부었다.

붕— 부웅— 부우웅—

원, 투, 쓰리.

스트레이트와 훅이 섞여 시야를 어지럽혔다.

놀랍게도 최치우는 두 주먹으로 김인철의 펀치를 일일이 쳐냈다.

빡! 빡! 빡!

주먹과 주먹이 부딪치며 살벌한 타격음이 울렸다.

내공을 쓰지 않아도 최치우의 펀치는 김인철보다 빠르고 강했다.

'시시하다.'

최치우의 솔직한 감상이다.

두 주먹이 빨갛게 달아올랐지만 하나도 아프지 않았다.

오히려 주먹이 막힌 김인철이 고통스러운 듯 인상을 찡그리고 있었다.

아프기도 하지만 당황스러울 것이다.

모든 펀치가 정확하게 막혔기 때문이다.

"좆만 한 새끼가!"

욕을 한다는 건 절박하다는 뜻이다.

강자는 약자에게 욕을 할 이유가 없다.

화아악—

김인철이 신장과 체중을 이용해 최치우를 덮치려 했다.

주먹이 안 되니 몸으로 붙잡고 뭉개려는 것이다.

'좋은 생각이지만……'

최치우는 눈앞을 가린 김인철의 몸뚱어리를 보며 눈을 빛냈다.

피할 구석도 없고, 이대로 짓눌리면 위험해진다.

'나한텐 안 통해.'

최치우는 피하지 않았다.

대신 우뚝 서서 정권을 질렀다.

슈슈슈슈슉—!

그의 주먹이 두 개에서 네 개, 네 개에서 여덟 개로 늘어났다.

순식간에 벌어진 일이었다.

파박! 파바바박!

최치우를 덮치려고 쫙 펼쳐진 김인철의 몸에 정권이 연타로 박혔다.

금강나한권 일초 천수여래(千手如來).

내공 없이 펼쳐도 권영(拳影)이 아른거렸다.

털썩― 쿠우웅!

바람 빠진 풍선처럼 힘을 잃은 김인철이 쓰러졌다.

있는 힘껏 최치우를 덮치려다 실컷 얻어맞고 앞으로 고꾸라진 것이다.

체중과 키 차이도, 조폭의 위압감과 실전 경험도 최치우를 위협하지 못했다.

'이 느낌이다!'

최치우는 김인철을 쓰러뜨린 걸 기뻐하지 않았다.

당연한 결과였기 때문이다.

그는 두 주먹에 남아 있는 생생한 느낌에 속으로 환호했다.

시시했지만 실전은 실전이었다.

내공 없이 펼친 금강나한권이 짜릿한 손맛을 안겨줬다.

"레프트 사이드, 최강 승!"

의외의 결과에 얼이 빠져 있던 운영자가 승리를 선언했다.

너무 일방적으로 이겨 피가 튈 여지도 없었다.

객석에서 경기를 지켜본 스폰서들은 눈을 부릅뜨고 수군거렸다.

"저, 저거 뭐지? 김인철이면 칠성파 행동대장 출신인데?"

"최강인가 하는 놈이 완전히 갖고 놀았어. 저 새끼, 물건이야."

"키키킥, 운영자가 간만에 A급을 물어왔구만."

자극에 미친 스폰서들의 눈동자가 번들거렸다.

최치우는 파이트 클럽 데뷔 무대에서 확실한 인상을 남겼다.

링 아래에 선 운영자는 아직도 믿기 힘들다는 듯 대(大)자로 뻗은 김인철과 최치우를 번갈아 쳐다봤다.

자기가 매치를 잡았지만, 설마 최치우가 압도적인 승리를 거둘 줄은 몰랐던 것이다.

'돈이고 뭐고 다음 실전은 좀 더 재밌었으면 좋겠군.'

최치우는 남들이 들으면 오만하다고 욕할 생각을 하며 팔짱을 꼈다.

흔들림 없는 모습이 마치 전성기 소림사의 사대금강을 보는 듯했다.

최강이라는 그의 가명은 앞으로 파이트 클럽에서, 그리고 웹툰계에서 파란을 일으킬 것 같았다.

8장

무서운 고 3

여름방학이 끝나기 일주일 전 마지막 금요일.

네트에 새로운 웹툰이 연재를 시작했다.

유명 작가의 작품이 아닌데 베스트 도전을 거치지도 않았다.

그야말로 어디선가 솟아오른 신인의 깜짝 데뷔였다.

스토리 최강, 그림 문지유.

네트 웹툰 독자들은 생경한 이름에 의문을 표했다.

신인의 데뷔작이 곧바로 연재되는 경우는 무척 드물기 때문
이다.

뿐만 아니라 네트는 메인 배너에 리얼 헌터를 걸어줬다.

홍보에 힘을 꽉꽉 실어준다는 뜻이다.

독자들은 리얼 헌터 프롤로그를 보기 전부터 호기심을 느낄

수밖에 없었다.

타이밍도 좋았다.

개학을 앞뒀기에 10대 학생들은 잉여력의 절정을 찍고 있었다.

적어도 조회 수는 보장된 셈이다.

문제는 그다음이었다.

별점이 낮거나 악플이 많이 달리면 초반부터 흐름을 잃는다.

망작으로 낙인찍히면 수렁에서 벗어나기 힘들다.

뒤로 갈수록 재밌어진다는 변명은 프로 세계에서는 통하지 않았다.

처음부터 재밌고 갈수록 더 재밌어지는 작품만 살아남을 수 있었다.

리얼 헌터의 프롤로그와 1화가 업데이트된 당일, 최치우는 하루 종일 네트에 접속하지 않았다.

문지유에게도 하루는 연락하지 말라고 당부했다.

마음 같아선 한 시간에 몇 번씩 네트를 접속하고 싶었다.

그러나 꾹 참았다.

해야 할 일이 많은데 조바심을 내게 되면 한도 끝도 없기 때문이다.

그는 업데이트 후 열두 시간쯤 지나서 네트에 접속했다.

그동안 공부와 무공 수련에 집중하며 마음을 다스리고 있었다.

파이트 클럽에서 칠성파 행동대장 김인철을 손쉽게 이겼지만, 그렇다고 만족할 최치우가 아니었다.

오랜만에 실전을 경험했기에 더욱 강해지고 싶었다.

김인철 정도가 아니라 파이트 클럽이 보유한 A급, S급 싸움꾼들, 나아가 세계의 강자들과 겨뤄보고 싶은 호승심이 생겼다.

스스로 만든 가명처럼 최강이 되어야만 직성이 풀릴 것 같았다.

어쨌거나 지금은 웹툰의 스코어를 확인할 차례였다.

네트는 웹툰 조회 수를 노출시키지 않았다.

대신 별점과 댓글로 반응을 예측할 수 있었다.

별점이 높고 낮은 것만큼 얼마나 많은 사람들이 점수를 줬는지도 중요했다.

스으윽—

최치우는 천천히 손가락을 움직여 스마트폰 화면을 넘겼다.

웹툰 코너를 누르자마자 리얼 헌터의 홍보 배너가 보였다.

확실히 네트에서 신경을 써주는 티가 났다.

"밥값은 해야 될 텐데."

최치우는 리얼 헌터의 성공을 자신했다.

지금도 자신감이 흔들리는 것은 아니었다.

하지만 막상 수많은 불특정 다수의 대중에게 웹툰이 공개된다고 생각하자 약간 떨렸다.

기대와 불안이 교차되는 것을 느끼며 다시 한번 손가락을 움직였다.

팟!

구형 스마트폰이라 화면 전환이 빠르지 않았다.

그러나 곧 리얼 헌터의 첫 번째 장면이 액정을 가득 채웠다.

"와!"

저도 모르게 탄성이 흘러나왔다.

문지유와 함께 둘이서만 작업한 웹툰이다.

또한 최치우가 직접 경험한 지난 인생이기도 하다.

그 장면이 네트에 떠올라 수십만, 어쩌면 수백만 명에게 보여지는 것이다.

김인철의 주먹을 막아내고 금강나한권으로 KO 승리를 거뒀을 때와는 다른 종류의 쾌감이 느껴졌다.

"3만 5천!"

최치우는 화면 위쪽에 뜬 별점을 확인했다.

별 다섯 개 만점에 평균 4.75점이 마크돼 있었다.

높은 점수보다 고무적인 것은 별점 주기에 참여한 사람들의 숫자이다.

3만 5천 명.

연재 후 12시간밖에 지나지 않았다.

게다가 신인의 데뷔작 프롤로그이다.

그럼에도 불구하고 예상보다 많은 사람들이 별점을 줬다.

정확한 통계는 없지만 보통 독자 열 명 중 한 명이 별점을 준다고 한다.

리얼 헌터 프롤로그의 조회 수가 35만이라고 생각해도 크게 무리는 없을 것 같았다.

스르르륵—

최치우는 스크롤을 빨리 내렸다.

댓글을 확인하기 위함이다.

"4천!"

대략 4천 명의 사람이 리얼 헌터를 보고 자신의 감상을 남겼다.

열두 시간이 지났기 때문에 베플도 여럿 올라와 있었다.

"대박의 스멜이 난다, 네트 담당자 일 잘하네, 이거 아무래도 신인 아닌 거 같음……. 최강 작가님, 문지유 작가님, 휴재하면 통조림 만들어 버리겠습니다? 무슨 말인지 모르겠지만 아무튼 응원 같네."

최치우는 다른 독자들의 공감을 많이 받은 베스트 댓글들을 하나하나 소리 내어 읽었다.

대부분 앞으로가 기대된다는 좋은 내용이었다.

베플이 아닌 댓글 중에는 물론 악플도 있었다.

노잼이라거나 삽화가 너무 순정만화 스타일이라거나 등등.

그러나 최치우는 악플 하나하나에 크게 영향을 받지 않았다.

새겨들을 이야기는 참고하면 되고 그렇지 않은 말은 패스하면 그뿐이다.

"소심한 우리 그림 작가에게 메시지나 보내줘야겠다."

최치우는 1화까지 마저 보고 기분 좋게 네트 앱을 종료했다.

그러곤 곧장 문지유에게 메시지를 보냈다.

[누나, 반응 좋으니까 계속 힘내서 쭉쭉 치고 나갑시다. 가끔 보이는 악플에 상처받지 말고. 개학하기 전에 밥 먹으러 작업

실 놀러 갈게요.]

　문지유의 새 오피스텔이자 작업실은 홍대 부근에 있다.
　홍제동에서 버스로 30분이면 갈 수 있는 곳이라 부담이 없
었다.
　딩동!
　메시지를 보내자마자 답장이 왔다.

　[진짜 내가 네트 작가가 되다니… 아직도 꿈인지 현실인지
모르겠어. 정말정말 고마워, 치우야.]

　진심이 담긴, 참으로 그녀다운 메시지였다.
　최치우는 흐뭇한 미소를 지으며 고개를 끄덕였다.
　"참 여리고 착한 사람이야."
　문지유의 뽀얀 얼굴이 떠올랐다.
　그녀는 두 살 연상이지만 막내 여동생처럼 챙겨주고 싶었다.
　이성에게 느끼는 연애 감정과는 조금 달랐다.
　아무튼 웹툰 리얼 헌터는 네트 콘텐츠팀의 든든한 지원사격
덕분에 시원하게 닻을 올렸다.
　스토리가 무너질 일은 없고, 문지유가 페이스를 유지한다면
계속 순항할 것 같았다.

＊　　　　＊　　　　＊

개학이 사흘 앞으로 다가왔다.

수많은 학생들이 우울증에 빠지기 딱 좋은 시기이다.

고3은 말할 것도 없다.

2학기가 시작되고 두 달만 지나면 수능이 기다리고 있기 때문이다.

수시입학을 노리는 학생들도 대부분 2학기에 승부를 걸어야 한다.

이래저래 학생(學生)들의 운명을 결정지을 순간이 다가오고 있었다.

그러나 최치우는 우울하지도, 마냥 공부에만 몰입하지도 않았다.

공부는 하던 대로 쭉 유지하면 충분히 원하는 성적을 얻을 수 있었다.

1학기 중간고사와 기말고사, 모의고사 성적이 이를 증명하고 있었다.

1학년과 2학년 내신이 엉망이지만 수능으로 만회하면 된다.

논술 역시 누구보다 자신 있는 영역이다.

최치우는 인 서울 상위권 공대에 진학할 수 있을 거라 믿었다.

혼자만의 믿음이 아닌, 깐깐한 선생님들도 인정한 믿음이다.

대학 학비도 걱정할 필요가 없어졌다.

그는 웹툰 계약금과 선인세로 1억을 받아 5천만 원씩 나눴다.

1천만 원은 체육관 보증금으로 썼고, 나머지는 건드리지 않았다.

파이트 클럽 데뷔전에서도 비슷한 액수의 돈을 벌었다.

기본 파이트 머니 2천만 원에 승리 수당 2천 500만 원을 현찰로 지급받았다.

스폰서들은 압도적인 실력으로 김인철을 갖고 놀며 데뷔한 신인 파이터 최강에게 그만한 대가를 지불했다.

만약 A급, S급 파이터들이 출몰하는 매치에서 이기면 1억도 우습게 벌 것 같았다.

이리하여 보증금을 빼고도 19살 고3의 수중에 8천만 원이 넘는 돈이 있었다.

4년 치 대학 학비를 여름방학 안에 해결한 것이다.

하지만 최치우는 8천만 원을 은행에 묻어둘 생각이 전혀 없었다.

학비는 언제든지 또 벌면 된다.

그는 1년 치 대학 학비와 생활비만 남겨둘 계획이다.

그렇게 되면 대략 6천만 원을 쓸 수 있었다.

변두리 동네에 작은 가게를 낼 수 있고, 바로 직전 환생의 경험을 살려 신기술 개발에 투자할 수도 있는 금액이다.

그러나 최치우는 돈을 불리는 것만큼 자신을 성장시키는 게 중요하다고 생각했다.

"내공을 폭발시킬 계기가 필요해. 그래야만 무공 수련에 드는 시간을 아껴서 다른 일을 시도할 수 있어. 금강나한권을 대성하면 마법도 조금은 익혀야겠지."

그는 이런저런 구상을 하며 목적지에 다다랐다.

수십 대의 버스가 승객들을 싣고 출발하는 터미널이다.

최치우는 전주로 가는 버스에 올라탔다.

한옥 마을을 구경하거나 비빔밥을 먹기 위해 가는 것은 당연히 아니었다.

전주에는 국내 최고의 심마니이자 땅꾼이 살고 있었다.

한때는 방송 출연도 자주 했지만, 몇 년 전부터는 누구에게도 약초를 팔지 않는다는 괴짜 기인.

그를 만나러 가는 당일치기 여정이 순탄치만은 않을 것 같았다.

버스가 전주에 도착했다.

최치우와 같은 버스를 타고 온 사람들은 잔뜩 상기된 얼굴이었다.

한옥 마을, 청년 시장, 비빔밥, 콩나물국밥, 한복 체험.

전주에서 보고 즐길 수 있는 것들을 이야기하며 삼삼오오 무리를 지었다.

평범한 고3이었다면 최치우도 한옥 마을부터 찾아 풍년제과 초코파이를 입에 물었을 것이다.

아니, 애초에 평범한 고3은 공부하기 바빠서 개학을 3일 앞두고 여행을 올 여유도 없다.

여러모로 특이한 최치우는 곧장 택시를 잡았다.

"어디로 모실까? 한옥 마을?"

택시기사가 당연하다는 듯 먼저 입을 열었다.

시외버스터미널에서 손님을 태우면 십중팔구 한옥 마을 행이기 때문이다.

하지만 최치우의 대답은 택시 기사의 예상을 완전히 벗어났다.

"용진읍으로 부탁드립니다."

"용진읍?"

"네."

"거긴 신도시 너머 완주 쪽인디… 한옥 마을 가야 되는 거 아녀?"

"용진읍 가는 거 맞습니다."

"거참, 특이하네."

택시기사는 최치우가 한옥 마을이 아닌 다른 곳을 간다는 게 믿기지 않는 듯 고개를 내저었다.

최치우는 입을 닫고 자리에 몸을 묻었다.

그는 자신을 전주까지 오게 만든 괴짜 기인에 대해 생각했다.

'허철후, 나이는 60대 초중반, 7년 전쯤 TV에 소개되며 유명세를 얻었지만 이후 잠적하면서 잊힌 인물이 됐음. 심마니와 땅꾼 세계에서는 전설이고……. 그러나 방송 출연을 거부하면서 약초와 뱀도 더 이상 팔지 않는다고 하지.'

최치우는 인터넷으로 용하다는 약초꾼을 찾던 중 허철후를 알게 됐다.

온갖 사짜 약초꾼과 심마니 이야기가 넘쳐나는 와중에 허철후라는 이름이 유독 눈길을 잡아끌었다.

뭐라도 팔기 위해 과장 광고를 일삼는 약초꾼들과는 격이 달랐다.

허철후는 과거 누구보다 유명한 심마니였지만 스스로 세상과의 단절을 선언했다.

무림에서 날고 기는 고수들이 갑자기 은거를 하는 것과 비슷한 경우였다.

그렇게 세상을 등진 은거기인들은 여간해선 다시 재주를 사용하지 않는다.

만약 허철후가 진짜 대단한 심마니라면 더더욱 쉽게 은거를 풀지 않을 것이다.

최치우는 또다시 도박을 하는 기분이다.

무작정 판교를 찾던 것처럼 일단 전주로 왔다.

계획은 있지만 대책은 없다.

무림에서도 은거기인들은 어찌하기 힘든 존재였다.

'은거를 결심한 사람들은… 힘으로도 움직일 수 없고, 돈으로도 안 되는 족속이지. 마음을 얻는 게 유일한 방법이다.'

세상이 싫어서 숨은 사람을 어떻게 설득할 수 있을까.

돈, 권력, 명예를 제시했다간 대놓고 무시당할 게 분명했다.

가장 간단하면서 또 가장 어려운 일, 바로 마음을 얻는 수밖에 없었다.

"학생, 용진읍 다 왔는데 어디로 갈겨?"

"저수지 쪽으로 가주세요."

"저수지? 거긴 사람 사는 동네가 아녀."

"저수지에 내려주시면 됩니다."

택시기사는 룸미러로 최치우의 얼굴을 쳐다보며 심각한 표정을 지었다.

"학생, 혹시 공부가 힘들다고 딴생각 품은 건 아니제?"

"딴생각이요?"

"거시기… 자살이라든가…….."

"아닙니다. 만날 사람이 있어서 왔습니다."

최치우는 터져 나오는 웃음을 참으며 대답했다.

오해를 받았지만 택시기사가 걱정을 해준 게 싫지는 않았다.

따지고 보면 이상한 의심을 받아도 할 말이 없는 상황이다.

끼이이익―

비포장도로를 달려온 택시가 멈춰 섰다.

최치우는 돌아갈 길이 먼 택시기사에게 넉넉히 비용을 지불했다.

"학생, 다시 버스터미널로 갈 거제? 그럼 이따 나한테 전화혀. 여기는 택시가 다니지도 않는 곳인게."

"감사합니다."

최치우는 기사 아저씨의 번호를 저장하고 등을 돌렸다.

눈앞에 이름 모를 산이 보인다.

용진읍 저수지 옆 야산 중턱에 허철후의 거처가 있다는 것만 확인했다.

주위에 사람이 없는 걸 확인한 최치우는 숨을 깊게 들이마셨다.

단전에 쌓인 내공이 종아리로 내려가 근육에 활기를 불어넣었다.

그는 경공을 펼쳐 시간을 아끼려 했다.

꽉! 파꽉!

땅을 박차는 소리부터 달랐다.

최치우는 한 번에 몇 미터씩 산길을 박차고 올라갔다.

이런 속도면 금방 중턱에 다다를 것이다.

"저기다!"

그의 시야에 낡고 초라한 움막이 들어왔다.

누군가 임시로 거처를 마련해 놓은 게 보였다.

평범한 걸음걸이로 올라왔다면 30분은 족히 걸렸을 것이다.

하지만 경공을 펼친 덕분에 5분 만에 허철후의 움막을 찾을 수 있었다.

'자연인이 산다에 나올 것 같은 곳이군.'

최치우는 종편 TV의 유명 프로그램을 떠올렸다.

대체 무슨 사연이 있기에 최고의 심마니가 이런 곳에 은거했는지 궁금해졌다.

'이것저것 재지 말고 진심으로 승부하자.'

최치우는 머리를 굴리지 않았다.

그는 일부러 인기척을 내며 움막 가까이 다가갔다.

부스럭—

산길에서 나뭇가지를 밀어내고 나오려니 소리가 날 수밖에 없었다.

"누구요?"

기다렸다는 듯 움막 안에서 남자의 목소리가 울렸다.

곧이어 문이 열리고, 다 떨어진 개량 한복을 입은 할아버지가 나타났다.

"어허, 자네, 누군가?"

환갑을 넘긴 듯한 노인의 행색은 꾀죄죄했다.

그러나 얼굴빛과 눈동자가 맑고 기력도 왕성한 게 느껴졌다.

괴짜들이 으레 그렇듯 날카롭고 예민해 보이지는 않았다.

"허철후 선생님이십니까?"

"내가 허철후는 맞네만, 선생은 아니지."

"어르신을 만나기 위해 서울에서 왔습니다. 최치우입니다."

최치우는 공손하게 인사를 했다.

허리를 일으킨 그는 한 번 더 놀랐다.

'정명한 기운이다. 진짜 은거기인이구나.'

허철후의 눈빛이 노인답지 않게 형형했다.

낯선 불청객을 꿰뚫어 보려는 것 같았다.

"오랜만의 손님이고, 또 무척 어려 보여 사연이 궁금하네만… 자네가 찾는 것은 여기 없네. 나는 아무것도 줄 게 없으니 헛심 빼지 말고 돌아가게나."

말을 마친 허철후가 다시 움막의 방문을 닫으려 했다.

가끔씩 불쑥 찾아와 약초나 뱀을 요구하는 사람들이 제법 있는 모양이다.

"약초를 구하려 온 게 아닙니다."

최치우는 그가 움막 안으로 들어가기 전 새로운 화두를 던졌다.

다행히 문을 닫으려던 허철후의 손이 멈췄다.

"산삼을 원하는 것도, 몸에 좋은 뱀을 찾는 것도 아닙니다."

"그럼 뭣 하러 예까지 온 건가? 내가 한때 이름을 날린 심마니이자 땅꾼이라 걸음을 한 것이 아니고?"

허철후의 목소리가 이전보다 커졌다.

산에서 뭘 먹고 사는지 음성에 힘이 실려 쩌렁쩌렁했다.

최치우는 그를 똑바로 쳐다보며 말했다.

"독을 찾고 있습니다."

"독?"

"어설픈 독은 필요 없습니다. 사람이 절대 먹으면 안 되는 강력한 독을 원합니다."

허철후의 눈매가 달라졌다.

최치우의 말에 담긴 뜻을 알아들은 것이다.

그의 반응을 본 최치우는 미소를 지었다.

'역시 이 사람은 진짜다. 제대로 찾아왔어.'

사람이라곤 둘밖에 없는 외딴 산 중턱에서 노소(老少)가 서로를 마주 보고 서 있다.

은거기인이 된 전설적인 심마니, 한계를 모르고 성장하는 고3.

두 사람의 인연이 여기서 끝나지는 않을 것 같았다.

"정말 열아홉 살이란 말이지?"

"그렇습니다."

"학생에게 술을 줘도 되나 모르겠구만."

"술은 어른에게 배워야 된다고 들었습니다."

"하긴, 그 말이 맞네. 한잔 들지."

허철후는 움막 뒤편에 묻어둔 술통 하나를 꺼내왔다.

그가 직접 채취한 약초를 섞어 땅 밑에서 푹 익힌 약주였다.

최치우는 두 손으로 술을 받았다.

향기부터 예사롭지 않았다.

"건배는 생략하세나."

"네, 그럼."

그는 고개를 옆으로 돌리고 단숨에 술잔을 비웠다.

아주 잠깐 뜨거운 기운이 치솟았지만, 이내 시원하고 청아한
향이 온몸을 쓸어내렸다.

최치우가 살던 모든 차원을 통틀어 세 손가락 안에 드는 술
이었다.

과연 허철후의 명성은 헛되지 않았다.

"술이 아니라 약이군요."

"어허허, 어린 친구가 술맛을 제대로 보니 신기할 노릇일세."

허철후는 기분이 좋은 듯 웃음을 터뜨렸다.

주거니 받거니 몇 번 술잔을 비운 그가 가슴 깊이 묻어둔 이

야기를 꺼냈다.

"대충 알고 찾아왔겠지만 내 별명은 산신령이었네. 심마니 중에서도 제일이었고, 땅꾼 중에서도 나보다 나은 놈이 거의 없었지. 오죽하면 산신령이라는 과분한 별명이 붙었겠나."

"어울리는 별명 같습니다."

"그런가? 아무튼 산신령이라는 이름값 덕분에 잘나갔었지. 돈도 원 없이 벌고 TV에도 나오고……. 하지만 다 무상한 짓거리였네."

허철후의 말에서 짙은 회한이 느껴졌다.

그는 자신이 만든 약주를 한 대접 가득 따라 벌컥벌컥 들이마셨다.

"내가 왜 이런 움막에 처박혀 사는지 궁금하겠지?"

"궁금합니다."

"사람을 죽였네."

최치우는 변함없는 시선으로 허철후를 바라봤다.

확신하건대 그가 일부러 사람을 죽일 범죄자는 아닐 것이다.

"어째서 놀라지 않는 겐가?"

"놀랐습니다. 그러나 사연을 끝까지 듣고 놀라는 게 순서인 듯합니다."

"역시 신통한 젊은이로고. 그럼 어디 내 사연을 들어보게."

허철후는 다시 술 한잔을 비웠다.

소매로 대충 입가를 닦은 그가 오래 묵혀둔 이야기를 꺼냈다.

"하늘은 내게 탁월한 재주를 선물해 줬네. 손끝마다 산삼이 스쳤고, 대충 발로 밟으면 몸에 좋은 뱀이 걸렸으니……. 나는 산신령이라는 별명을 당연하게 받아들였고, 기고만장했더랬지. 그러던 중 흔히 말하는 재벌 가문의 의뢰를 받게 되었어."

허철후의 사연은 흥미진진했다.

최치우는 숨을 죽이고 그의 말에 몰입했다.

"다 늙어 기력이 쇠한 회장을 위해 아들이 산삼을 수소문한 걸세. 돈은 얼마가 들어도 괜찮다면서. 재벌 2세지만 효심이 지극한 친구였지. 마침 내게 삼대가 덕을 쌓아야 구경할 수 있다는 천종 한 뿌리가 있었네. 무려 120년을 살아온 놈이었고, 한국에서 이보다 더 귀한 삼은 찾기 힘들 거라 자신했지."

"120년 수령의 천종산삼이라면… 가치를 돈으로 따지기 힘들다고 들었습니다."

"10억을 받고 넘겨줬네. 부르는 게 값이네만, 그만하면 적당하다 여겼지. 돈을 받고 팔았는데도 고맙다는 소리를 백 번 넘게 들었다네. 한데 천종을 복용한 그 친구의 아버지, 재벌 회장이 어찌 됐는지 아는가?"

"부작용이 발생한 겁니까?"

"열병이 나서 죽어버렸네. 예상한 것보다 천종의 약기가 강했고, 늙은 육신이 감당하기엔 버거웠던 게지."

"꼭 산삼을 복용한 탓이라고 단정할 수는……."

"그 양반이 갑자기 죽으며 보인 증상은 천종의 부작용이 분명했네. 누구도 나를 탓하지 않았으나 나는 견딜 수 없었지. 그래서 심마니 노릇을 하며 번 돈을 전부 기부하고 이곳에 숨어든 게야."

허철후는 꼿꼿한 인간이었다.

하늘을 우러러 한 점 부끄러움을 허용할 수 없는 사람이었다.

최치우는 교과서에서 배운 윤동주 시인을 떠올렸다.

직업과 시대는 달라도 두 사람 사이에 닮은 구석이 매우 많은 것 같았다.

"내가 왜 더 이상 삼이나 뱀을 팔지 않는지 알겠는가?"

"이해가 됩니다."

"어린 친구의 공력이 대단하다는 것이 느껴지네. 독이 곧 약이고 약이 곧 독이지. 그만한 심득을 벌써 깨우쳤으니 자네는 보통 사람이 아닐 걸세. 하나 미력한 재주로 또다시 세상에 죄를 짓고 싶지 않은 마음을 헤아려 주게."

허철후는 처음 만난 소년에게 진심을 털어놓았다.

한 분야에서 경지에 오르게 되면 전체를 아우르는 안목을 갖게 된다.

만류귀종(萬流歸宗)이라는 말이 괜히 나온 게 아니었다.

그는 최치우의 진가를 어느 정도 알아봤고, 자신을 귀찮게 하는 다른 불청객들과는 비교할 수 없는 인물이라는 걸 인정했다.

그렇기에 가슴속에 묵혀둔 사연까지 말해준 것이다.

최치우도 허철후의 사람됨에 감동했다.

하지만 여기까지 와서 이대로 물러날 수는 없었다.

"어르신, 속내를 보여주셔서 감사합니다. 그러나 한 말씀만 드리고 싶습니다."

"말해보게."

"세상에 진 빚, 갚으셔야 합니다."

"무어라?"

예상 못한 말에 허철후가 눈을 크게 떴다.

다른 사람이었다면 진즉 술잔을 던졌을 터이다.

최치우는 허철후의 눈빛을 피하지 않고 담담하게 말을 계속했다.

"약으로 쓸 엄두도 낼 수 없는 순수한 극독이 필요합니다. 그것을 다스려 약으로 소화시키겠습니다. 그렇게 얻은 힘으로 세상에 보탬이 되겠습니다. 어르신께서 약을 잘못 써서 빚을 졌다고 느끼신다면 제가 대신 그 빚을 갚겠다는 뜻입니다."

"……"

술잔을 잡은 허철후의 손이 부들부들 떨리고 있다.

화가 나서가 아니었다.

최치우의 당돌한 말에 마음의 빗장이 열릴 것 같았기 때문이다.

"자네 말대로 된다고 치세. 하나 자연에서 발생한 극독은 인간이 다스릴 수 없네. 120년 묵은 천종의 부작용은 애들 장난으로 느껴질 정도겠지. 그것을 다스려 약으로 소화시킨다? 정녕 현실에 그만한 경지를 이룬 사람이 있겠는가."

"보여 드리겠습니다."

최치우는 길게 말하지 않았다.

프로의 세계에서는 말이 아닌 행동으로 증명해야 한다.

그는 허철후가 땅속에서 꺼내온 술독을 가까이 당겼다.

맑고 깊은 향이 나는 약주지만 40도를 가뿐히 넘는 독주이기도 하다.

허철후는 잠잠히 최치우의 행동을 지켜보고 있었다.

'내가 가진 내력이라면… 이 정도는 충분히 가능해.'

최치우는 단전에 남은 내공을 손끝으로 모았다.

엄지손톱 크기를 겨우 넘긴 내공이지만 순정(純正)하고 위력적인 기운이다.

고오오오오―

내공이 집중되자 주위의 공기가 달라졌다.

'집중해서 모두 한 방에 태워 버린다!'

최치우의 눈동자가 칼날처럼 예리하게 빛났다.

그가 작정한 순간, 두 손에 모은 내공이 불꽃처럼 뿜어졌다.

화르르륵!

무형의 내공은 거친 불길처럼 술독을 휩쓸고 허공으로 사라졌다.

이치는 간단하다.

뜨거운 불로 술기운을 태워 버리는 것과 똑같다.

졸졸졸―

최치우가 텅 빈 허철후의 술잔에 술을 따랐다.

"드시지요."

말없이 술잔을 비운 허철후는 눈을 감고 길게 한숨을 내쉬었다.

"허어, 기인을 만나 은거를 풀게 되는구만. 하늘이 내게 남겨둔 운명이 있던가."

놀랍게도 술독의 약주는 밍밍한 물이 되어 있었다.

최치우가 내공으로 독한 알코올을 다 태워 버렸기 때문이다.

술을 물로 만든 기적을 체험한 허철후는 더 이상 최치우를 의심하지 않았다.

눈앞에 앉은 소년이라면 자연이 만든 극독을 다스려 약으로 소화할 게 분명해 보였다.

"그래, 어느 정도로 강력한 독을 원하나?"

"만독불침을 이루고 남은 기운으로 임독양맥을 타통할 만큼 강력한 독이어야 합니다."

"만독불침? 임독양맥? 그게 실현 가능한 일이란 말인가? 전설 속 설화인 줄 알았거늘."

"방금 보시지 않았습니까. 술이 물이 되는 것을."

최치우의 자신감 넘치는 태도에 허철후는 고개를 끄덕일 수밖에 없었다.

그는 결심을 굳힌 듯 최치우의 손을 붙잡았다.

꺼칠하고 때 묻은 손이지만 체온은 따뜻했다.

"자네가 어떤 사람인지, 어떤 사람이 될지 짐작하지 못하겠네만… 세상을 이롭게 해줘야 하네."

"약속은 꼭 지키겠습니다."

"만독불침과 임독양맥 타통을 이룰 만한 극독이라면… 하나밖에 떠오르지 않는구만."

최치우는 기대감 어린 눈빛으로 허철후의 다음 말을 기다렸다.

"호령독삼(虎靈毒蔘), 그것밖에 없네."

호랑이의 영혼이 깃든 독 산삼.

이름만 들어도 짜릿한 느낌이 온다.

은거를 깨기로 결심한 허철후가 작정한 듯 말했다.

"지리산에 호령독삼이 한 뿌리 있다네. 나 말고는 아는 사람도 없거니와 어떤 심마니도 감히 건드릴 엄두를 못 내는 놈이지. 일주일만 주게."

"감사합니다, 어르신."

최치우는 고마움을 담아 고개를 깊이 숙였다.

기대 이상의 선물을 받게 될 것 같았다.

호령독삼도 호령독삼이지만 허철후라는 기인과 인연을 맺은 것 자체가 가장 큰 수확이었다.

무서운 고3 최치우는 단번에 몇 단계 한계를 돌파할 수 있는 기회를 잡았다.

열아홉 살의 여름, 시간은 여전히 그의 편이었다.

9장

기연보다 인연

여름방학이 끝났다.

최치우는 이글거리는 태양이 기승을 부리는 동안 이룬 게 적지 않았다.

웹툰 정식 연재가 시작됐고, 파이트 클럽에서 데뷔전 승리를 거뒀다.

최강이라는 그의 가명은 웹툰 바닥과 파이트 클럽에서 요주의 신인으로 주가를 올리게 됐다.

뿐만 아니라 전주에서 산신령 허철후를 만났다.

원래는 여유 자금 6천만 원을 다 투자할 생각이었다.

그렇게 해서라도 영약을 얻을 수 있다면 남는 장사이다.

돈은 언제든 벌 수 있지만, 내공을 증폭시킬 기회는 아무 때나 찾아오지 않기 때문이다.

그런데 허철후는 돈을 원하지 않았다.

그는 최치우의 가능성을 목도하고 은거를 깼다.

순식간에 술을 물로 바꾸는 힘을 가진 최치우가 만독불침이라는 전설 속 경지를 언급했다.

게다가 덤으로 임독양맥도 타통하겠다고 밝혔다.

약초꾼이라면 그러한 광경을 보고 싶을 수밖에 없다.

물론 허철후의 마음은 일종의 호승심만으로 움직이진 않았다.

그가 세상에 진 빚을 최치우가 대신 갚겠다는 말이 결정적이었다.

최치우는 호령독삼을 통해 얻은 힘으로 세상을 이롭게 하겠다고 약속했다.

성인군자처럼 살 수는 없지만, 그래도 약한 사람들을 등치면서 성공하진 않을 것이다.

허철후는 최치우에게 투자를 한 셈이다.

어쩌면 그에게 있어서 인생 마지막 승부수인지도 모른다.

"여긴가, 자네가 꿈을 키우는 공간이?"

지리산으로 떠난 허철후가 최치우를 찾아왔다.

둘은 최치우가 무공을 수련하는 체육관에서 다시 만났다.

"멀리 오셨는데 내어드릴 차나 커피도 없습니다."

"되었네. 대접이나 받자고 예까지 왔겠나."

허철후는 미소를 지으며 철퍼덕 주저앉았다.

최치우도 그의 맞은편에 앉아 숨을 골랐다.

일주일 동안 연락이 없던 허철후가 불쑥 서울에 나타난 이유는 하나뿐일 것이다.

호령독삼.

자연이 품은 순수한 극독을 거둬 온 게 분명했다.

"먼저 간단히 설명부터 하겠네."

허철후는 말을 빙빙 돌리지 않았다.

자신이 얼마나 힘들게 호령독삼을 채취했는지 생색을 내지도 않았다.

쓸데없이 말이 많은 사람은 사기꾼일 확률이 높다.

말보다 행동을 선호한다는 점에서 허철후는 최치우와 통하는 부분이 있었다.

"호령독삼은 예로부터 우리 땅에서 나는 가장 위험한 독초로 유명했네. 워낙 희귀하기에 기록되어 널리 알려지지 않았을 뿐, 심마니와 땅꾼 중에서 호령독삼 이야기를 안 들어본 이는 몇 없을 걸세."

마치 할아버지에게 재미있는 옛날이야기를 듣는 기분이다.

최치우는 진지하게 그의 설명을 경청했다.

곧 희대의 독초인 호령독삼을 소화시켜야 한다.

그렇기에 작은 단서 하나도 놓칠 수 없었다.

"호령독삼은 돌연변이지. 산삼에 독성이 깃들어 기이하게 진화한 것일세. 그렇기에 독성과 약성 모두 천종과는 비교할 수 없이 강하다네. 오죽하면 호령독삼 이파리를 잘못 뜯은 산짐 승들이 모조리 죽어 자빠지겠는가. 그렇게 죽은 짐승의 시체를 먹은 호랑이도 덩달아 쓰러졌다고 하네."

"독 기운으로 호랑이를 죽일 정도라면……."

"어마어마한 놈인 게지. 처음 호령독삼이 알려진 것도 사냥 꾼들에 의해서라네. 산짐승과 호랑이 시체가 줄지어 있는 걸 보고 호령독삼의 위험성을 알게 됐다는 설이 있네."

각오는 했지만 새삼 호령독삼이 얼마나 무서운 독초인지 알 게 됐다.

그러나 겁이 나지는 않았다.

최치우는 허철후를 바라보며 말했다.

"호랑이는 쓰러져도 저는 다를 겁니다."

"암, 달라야지. 마음은 단단히 먹었는가?"

"준비됐습니다."

"잠시 기다리게."

허철후가 체육관 구석에 놓아둔 상자로 걸어갔다.

검은색 천으로 덮어놓은 상자에서 호령독삼을 꺼내려는 것 이다.

쏴아아아ー

천을 걷어내고 상자 뚜껑을 열자 퀴퀴한 향이 진동했다.

표현하기 힘들 정도로 깊이 묵은 향이었다.

"이놈일세. 25년 전 지리산에서 처음 발견했고, 이후 누구도 건드리지 못한 것을 캐 왔네."

허철후는 하얀 삼베로 호령독삼을 싸놓았다.

하지만 호령독삼의 독기 때문에 삼베가 까맣게 변색돼 있었다.

"평범한 사람은 이파리 하나만 씹어도 즉사할 것이네. 노파심에 한 번 더 일러둠세."

"어르신, 저와 조금 떨어진 곳에서 기다려 주십시오."

허철후가 체육관 구석으로 자리를 옮겼다.

최치우는 조심스레 삼베를 풀고 새까만 호령독삼을 직접 봤다.

굵은 산삼처럼 생겼으나 몸통이 검은색이라 한눈에 알아볼 수 있었다.

그러나 이파리는 다른 산삼처럼 초록색이었다.

허철후는 어떤 식으로든 복용하기 쉽게 기본적인 손질을 해왔다.

덕분에 흙이나 잔해가 묻어 있지 않았다.

'호령독삼을 발판 삼아 시간을 아낀다. 이쯤은 가볍게 해낼 수 있다, 최치우.'

스스로를 다독인 최치우는 금강나한권을 운용했다.

마침 불가(佛家)의 정종 무공을 익힌 게 도움이 됐다.

금강나한권의 구결대로 내공을 움직이면 자연스레 해독 작용이 일어난다.

"후우우!"

최치우는 한 번 더 심호흡을 했다.

술을 물로 만든 것과는 비교할 수도 없는 도전이다.

만약 호령독삼의 강력한 독기를 약으로 소화시켜 흡수하지 못하면 어이없이 생명을 잃게 된다.

또다시 환생이야 하겠지만 그는 이번 인생에서 이루고 느끼고픈 게 많았다.

투둑— 투두둑—

최치우가 과감하게 뿌리를 뜯었다.

그는 망설이지 않고 호령독삼을 씹어 먹기 시작했다.

와작, 와자작!

우물거리며 뿌리 하나를 잘근잘근 삼켰다.

보통 사람이었다면 뿌리를 입에 넣는 순간 쓰러졌을 것이다.

다행히 최치우는 아직 멀쩡했다.

그는 이파리와 잔가지를 떼어 먹었다.

가장 굵은 몸통은 마지막을 위해 남겨뒀다.

겉으로 보기엔 그저 약초를 생으로 먹는 것일 뿐이다.

하지만 최치우는 사투를 벌이고 있었다.

금강나한권의 구결을 운용하며 내공을 전신으로 보냈다.

'역하다. 사천당문의 절독을 통째로 마시는 기분……'

잠깐이라도 방심하면 그대로 토악질을 할 것 같았다.

내공의 흐름이 깨지는 순간, 무방비로 독기에 노출된 육체는 안에서부터 녹아내릴 것이다.

'조금만 더!'

최치우는 식은땀을 뻘뻘 흘리며 내공을 운용했다.

어느새 그는 호령독삼의 가장 굵은 몸통을 삼켰다.

이 광경을 지켜보는 허철후도 손에 땀을 쥐고 있었다.

우선 최치우가 호령독삼을 다 먹었다는 게 놀라웠고, 혹시 언제 쓰러질지 몰라 마음이 위태로웠다.

화아아악!

가부좌를 틀고 앉은 최치우의 등 뒤에서 서광이 솟아나왔다.

독기와 내공이 부딪치며 어마어마한 기운이 그의 몸에서 뿜어지고 있었다.

'독을 응축시켜 단전으로 보내고, 정순한 내공으로 걸러내어 다시 전신 혈도로 퍼뜨린다. 그 찰나의 힘으로 임독양맥을 뚫는다!'

계산이 완벽하게 섰다.

최치우는 호령독삼이라는 맹수를 단전으로 몰아넣었다.

죽으나 사나 단전에서 승부를 봐야 한다.

아랫배가 부글부글 끓다 못해 터져 나갈 것 같았다.

'버티자, 무조건!'

그때였다.

꽝!

최치우의 몸에서 뭔가 폭발하는 소리가 울렸다.

이윽고 그의 온몸이 휘청거리며 흔들거렸다.

"이, 이보게!"

지켜보던 허철후가 다급히 입을 열었다.

그러나 옆으로 넘어질 것 같던 최치우의 몸이 다시 균형을 잡았다.

방금 전의 충격은 임독양맥이 뚫리며 발생한 것이다.

최치우가 호령독삼의 기운을 빌려 임독양맥을 타통한 것이다.

스윽―

그는 감았던 눈을 뜨고 허철후를 바라봤다.

[어르신, 해냈습니다.]

최치우는 입을 열지 않았다.

그런데도 허철후는 그가 무슨 말을 하는지 들을 수 있었다.

귀가 아니라 속마음으로 뜻이 전해진 것이다.

"이것이… 대체 무슨 일인가? 말을 안 하는데 어떻게 자네 목소리가 들리는 게지?"

[전음이라는 것입니다.]

최치우는 말 대신 전음을 사용하며 미소를 지었다.

임독양맥을 타통하며 내공이 급증했다.

따라서 빈약한 내공으로는 펼칠 엄두를 못 내던 전음을 자유자재로 쓰게 된 것이다.

만독불침(萬毒不侵)도 확실했다.

최치우의 전신 혈도를 타고 호령독삼의 독 기운이 순화되어 흐르고 있었다.

독이 독을 막아주는 결계가 된 셈이다.

"자네!"

상황을 파악한 허철후가 벌떡 일어섰다.

최치우도 자리에서 일어나 손을 뻗었다.

기쁨에 겨워 맞잡은 두 사람의 손이 따뜻하고 든든해 보였다.

$$*\qquad\qquad*\qquad\qquad*$$

계절의 변화는 역시 옷차림의 변화로 체감할 수 있다.

분명 엊그제까지 반팔을 입고 다녀도 땀이 줄줄 흘러내렸다.

그런데 이제는 긴팔을 입는 게 자연스러웠고, 추위를 많이 타는 녀석들은 동복 재킷까지 꺼내 입었다.

이러다 보면 금방 겨울이 되어 패딩을 입고 다닐 것이다.

최치우는 옷장을 열어 겨울옷을 확인했다.

막상 찾아보니 입을 만한 패딩이 하나도 없었다.

어려운 가정 형편 때문에 메이커 패딩은 꿈도 못 꿨을 터이다.

"사실 지금은 패딩 따위 더 필요 없지만."

최치우가 혼잣말을 중얼거리며 웃었다.

엄지손톱 크기의 내공이 불쑥 자라 주먹만큼 커졌다.

임독양맥을 타통하면서 내력이 급증했다.

이만한 내공이면 아주 조금 모자란 일 갑자이다.

자그마치 60년 동안 수련해야 얻을 수 있는 내공이 단전에

꿈틀거리고 있었다.

내공을 운용하면 패딩이 아니라 반팔만 입고도 한겨울을 보낼 수 있다.

단전에서 올라온 뜨끈뜨끈한 열기가 추위로부터 온몸을 지켜줄 것이다.

그러나 반팔을 입고 다니면 주위에서 이상하게 쳐다볼 게 분명했다.

무엇보다 어머니가 걱정하실 것 같았다.

'갑자기 옷을 사면 어머니께서 이상하게 생각하실 테고, 그렇다고 이대로 다니기도 애매하고. 어느 정도까지 말씀을 드리는 게 좋을까.'

최치우의 고민이 깊어졌다.

원래 사소한 문제가 더 어려운 법이다.

그의 수중에는 당장 쓸 수 있는 현금이 5천만 원 넘게 있었다.

끝끝내 답례를 거부하는 허철후에게 천만 원을 건네주고 남은 돈이다.

최치우는 부족하지만 진심으로 성의를 표시했다.

허철후도 더는 사양하지 않았다.

사실 허철후는 움막 뒤뜰에 묻어놓은 약초 몇 뿌리만 팔아도 금방 재기할 수 있었다.

마음만 먹으면 언제든지 갑부가 될 수 있는 능력자였다.

그러나 최치우 덕분에 오랜 은거를 깬 그는 먼저 심신을 수

양한 후 세상에 나오겠다고 약조했다.

앞으로도 최치우의 든든한 조력자가 되어줄 것 같았다.

어쨌든 예상보다 적은 돈을 쓰고 기연을 얻은 최치우는 큰 깨달음을 얻었다.

인생을 살며 가장 중요하게 여길 것이 인연이라는 깨달음이다.

돈도, 기연도 인연보다 중요하지 않았다.

좋은 인연은 무궁무진한 보물이 쌓인 창고와 같다.

만약 돈 때문에, 눈앞의 이익 때문에 인연을 저버리면 황금알을 낳는 거위의 배를 가르는 꼴이다.

"나도 참 늦게 배운다."

일곱 여덟 번의 인생을 살고 나서 겨우 사람이 소중하다는 것을 알게 됐다.

최치우는 불세출의 재능을 지녔지만, 이런 부분에서는 완전히 젬병이었다.

하지만 이제라도 인연의 무게를 느끼게 됐으니 감사한 일이었다.

옷장을 둘러보다 생각이 깊어졌다.

"복잡하게 고민하지 말자. 내 사람들에겐 최대한 솔직하게 다가가는 거야."

그는 결심을 하고 고개를 끄덕거렸다.

고민이 끝났으니 행동은 빠를 수밖에 없다.

"어머니!"

최치우가 방문을 열고 어머니를 불렀다.

늦게 퇴근해 거실에서 TV 드라마 재방송을 보던 어머니가 걸어왔다.

"아직 안 잤니?"

"네, 말씀드릴 게 있어요."

어머니는 온화한 표정을 지으며 최치우를 바라봤다.

사춘기에서 벗어나 마음을 잡은 아들은 그녀의 자랑이 됐다.

무슨 말을 하든 그저 기특해 보였다.

"웹툰이라고 들어보셨죠?"

"컴퓨터로 만화 보는 거 맞지?"

"네. 지금 네트에서 연재되고 있는 리얼 헌터라는 웹툰, 제가 스토리를 썼습니다."

"응?"

어머니는 살짝 놀란 눈치였다.

웹툰이 나쁜 일이라서가 아니다.

아들에게 그런 재능이 있을 거라곤 상상도 못 했기 때문이다.

"최강이 제 가명이에요. 그림 작가 문지유는 저랑 같이 작업하는 누나입니다. 조만간 한번 소개시켜 드릴게요."

"정말이니, 치우야? 공부를 그렇게 열심히 하면서 언제 또 이런 일을 했을까. 장하다, 우리 아들."

"시간을 많이 뺏기진 않아서 괜찮습니다. 그리고 여기, 이거 한번 봐주세요."

최치우는 어머니에게 통장을 내밀었다.

당장 쓸 수 있는 돈에 1년 치 대학 학비와 생활비까지 모두 7천만 원 이상의 액수가 찍혀 있었다.

"어, 어머나? 무슨 돈이 이렇게 많이……."

어머니는 말을 잇지 못했다.

김밥집에서 몇 년을 일해야 벌 수 있는, 그러나 절대 모을 수는 없는 돈이 통장에 들어 있었기 때문이다.

최치우는 떨리는 어머니의 손을 붙잡았다.

"웹툰으로 번 돈이에요. 대학 학비 걱정은 안 하셔도 됩니다. 그리고 어머니가 하고 싶으신 것 있으면 뭐든 다 하세요."

"치우야, 너가 벌써부터 이렇게 효도를 하면 뭐 하나 해준 거 없는 나는 어떡하라고……."

어머니가 눈물을 글썽거렸다.

최치우는 말없이 어머니를 마주 보고 있었다.

원래는 진짜 큰돈을 모을 때까지 숨기려 했지만, 이렇게 말을 꺼내길 잘한 것 같았다.

잠시 감정을 추스른 어머니는 통장을 다시 최치우에게 돌려줬다.

"아직 네가 학생이라서 마냥 아이라고 생각했는데 이제 보니 나보다 더 나은 어른이구나. 큰돈을 번 것도 대단하지만 쉽게 안 쓰고 모아서 내게 보여준 게 더 고맙고 기특하다."

"그래도 통장은 어머니가 갖고 계시는 편이 나을 것 같습니다."

"아니야. 우리 아들은 내가 생각한 것보다 훨씬 큰 그릇을 가진 거 같네. 이제 곧 성인이 될 텐데 눈치 보지 말고 마음껏 날개를 펼치렴."

최치우는 마지못해 통장을 다시 받았다.

동시에 그는 어머니의 깊은 마음씀씀이에 울컥했다.

돈 앞에서는 가족도, 친구도 없어지는 세상이다.

그런데 어머니는 욕심을 내기는커녕 아들을 전폭적으로 믿어줬다.

무조건적인 신뢰를 받아본 적이 있던가.

최치우는 이곳에서 처음 경험하는 게 참 많다는 걸 새삼 느꼈다.

이제라도 사람과 마음을 주고받는 기쁨을 알게 돼 다행이었다.

오늘 밤은 좋은 꿈을 꿀 수 있을 것 같았다.

*   *   *

수능이 2주 앞으로 다가왔다.

다른 고3 학생들은 막판 스퍼트를 올리느라 삼당사락을 실천하고 있었다.

삼당사락은 세 시간 자고 공부하면 원하는 대학에 합격하고, 네 시간 자면 떨어진다는 뜻이다.

그만큼 다들 수능 대비에 집중할 때였다.

하지만 최치우는 여느 고3처럼 행동하지 않았다.

공부는 평소 하던 대로 쭉 계속했다.

느슨해지지도, 그렇다고 억지로 긴장의 끈을 당기는 것도 아니었다.

급하게 무리하는 것보다 컨디션 관리가 훨씬 중요하다는 점을 알기 때문이다.

그는 수능이 코앞으로 다가왔어도 매일 체육관에서 수련하는 것을 게을리 하지 않았다.

금강나한권의 성취는 하루가 다르게 높아지고 있었다.

호령독삼을 먹고 만독불침과 임독양맥 타통을 이룬 게 결정적이었다.

단전에서 내공이 든든하게 받쳐주니 진도가 확확 나갔다.

초식, 내공, 그리고 오의는 무공을 이루는 3대 요소이다.

한 가지만 뛰어나다고 해서 무공을 완성시킬 수 없었다.

마찬가지로 한 가지라도 부족하면 발전 속도가 느려진다.

최치우는 비로소 금강나한권을 완성하기 위한 3대 요소를 모두 갖췄다.

이전에 비해 무공의 느는 속도가 차원이 다를 수밖에 없었다.

그런데 오늘은 어째서인지 금강나한권을 수련하지 않았다.

그는 체육관 중앙에 가만히 서서 두 눈을 감고 있었다.

'이만하면 몸도, 단전도 제대로 자리를 잡았어. 이제 마나의 힘을 빌려도 될 것 같다.'

최치우는 대자연의 원초적인 힘, 마나(Mana)에 대해 생각하고 있었다.

무공이 궤도에 올랐으니 마법도 회복시키려는 것이다.

그러나 마법 수련은 무공만큼, 아니, 그 이상으로 위험한 일이다.

마나를 사용하면 몸이 아닌 정신이 타격을 입는다.

그게 바로 마법사 중에서 유독 미친 흑마법사가 자주 나오는 이유였다.

마나를 쓰기 위해선 굳건한 정신력이 가장 중요하고, 정신력의 토대는 튼튼한 육체다.

이론적으로는 무공과 마법을 함께 익히는 게 이상적이다.

'마검사……. 권법을 먼저 배웠으니 마권사인가. 아무튼 어느 차원에서도 도전하지 못한, 누구 하나 성공한 적 없는 일을 해내게 될지도 모르겠다.'

왜인지 두 눈을 감은 최치우는 살짝 미소를 지었다.

마검사(魔劍士), 또는 마권사(魔拳士)는 환상 속에서만 존재하는 개념이다.

그러나 차원을 돌고 돌아 지구에서 처음으로 마법과 무공을 함께 쓰는 존재가 탄생할 것 같았다.

최치우는 대기와 함께 흐르는 마나를 느끼기 위해 두 팔을 활짝 펼쳤다.

또 하나의 새로운 전기가 열리는 순간이었다.

        *   *   *

"금성ㅡ! 빛나는 별 금성ㅡ! 으싸랴, 으싸! 으싸랴, 으싸!"

1학년과 2학년 후배들이 새벽을 밝히고 있었다.

원래 고3이 수능을 치는 날이면 후배들은 시험장 앞에서 응원가를 부른다.

대부분의 학교에서 내려오는 전통이다.

최치우는 친하게 지내는 후배가 딱히 없었다.

하지만 어린 동생들의 응원을 받으니 기분이 나쁘지 않았다.

'짜식들, 아침 일찍부터 고맙네.'

이런 맛에 사회에 나가면 고등학교 선후배를 챙겨주는 건지도 모른다.

응원 대열을 지나친 그는 간절한 표정을 짓고 있는 어른들을 돌아봤다.

수험생의 학부모들이 교문 앞에서 울 것 같은 얼굴로 서 있었다.

몇몇 어른들은 수능이 끝날 때까지 자리를 뜨지 않고 지키기도 한다.

최치우의 어머니는 출근길 김밥을 말아야 하기 때문에 나오지 못했다.

그러나 아쉽지 않았다.

만약 어머니가 추운데 덜덜 떨며 자신을 기다리고 있다면 마음이 더 불편할 것 같았다.

'잘하고 올게요.'

그는 김밥집에서 자신을 생각하고 있을 어머니를 떠올렸다.

어머니를 위해서라도 수능이라는 관문을 멋지게 뛰어넘을 것이다.

'솔직히 크게 부담이 느껴지진 않는다.'

그는 다른 학생들처럼 시험을 앞두고 긴장하는 스타일이 아니었다.

대한민국 고3에게 수능은 가장 중요한 시험이다.

그렇지만 수능 때문에 긴장해 버리면 링스 월드 이후 무려 일곱 차원을 겪은 짬밥이 무색한 일이다.

배정된 자리에 앉은 최치우는 조용히 정신을 집중했다.

이윽고 감독관 선생님이 들어와 이런저런 안내를 했고, 1교시 언어 영역이 시작됐다.

부스럭, 부스럭.

"에취!"

시험이 시작됐는데 여기저기에서 소음이 들린다.

최치우의 바로 앞자리에 유독 신경을 거슬리게 하는 놈이 앉았다.

녀석은 펜으로 계속 시험지를 긁고 30초에 한 번씩 기침이나 재채기를 해댔다.

다른 학생들도 불편한 기색이었지만 도리가 없었다.

시험 감독관이 나서서 직접 제재할 정도는 아니었다.

최치우는 언어 영역 문제를 풀다 말고 잠깐 다른 쪽으로 머리를 회전시켰다.

'저놈 하나 때문에 다른 학생들까지 피해를 입으니까… 힘을 좀 써야겠군.'

결심을 마친 그는 머릿속으로 주문을 캐스팅했다.

캐스팅을 하겠다는 마음만 먹었을 뿐인데 공기와 함께 흐르는 마나가 최치우의 몸 안으로 스며들었다.

'사일런스 스페이스(Silence space).'

. 그의 몸을 통과한 마나가 복잡한 도형으로 변화했다.

곧이어 재배열된 마나의 흐름이 앞자리의 소음 유발자를 덮었다.

'됐다.'

최치우는 미소를 지으며 다시 문제로 눈길을 돌렸다.

다른 학생들도 최치우 덕분에 짜증나는 소음에서 해방될 수 있었다.

최치우는 앞자리 전체를 마나로 감싸 소리가 밖으로 새어 나오는 걸 차단한 것이다.

한 사람을 조용하게 만드는 사일런스(Silence)는 1서클의 기본적인 마법이다.

하지만 공간 전체의 소리를 봉인하는 사일런스 스페이스는 3서클에 해당되는 중급 마법이다.

얼마 전부터 마나를 받아들이기 시작한 최치우는 눈부신 속도로 제로딘 시절의 실력을 회복하고 있었다.

아슬란 대륙에서 최초로 현자 클래스에 도달한 경험이 어디

가지 않았다.

'이것도 작은 선행이겠지.'

사일런스 스페이스에 뒤덮인 당사자는 무슨 일이 벌어졌는지 모른다.

최치우와 같은 교실에서 수능을 치는 학생들은 아주 쾌적한 환경을 얻었다.

사소한 일이지만 최치우는 얼굴도 모르는 타인을 도운 셈이다.

그는 앞으로도 이런 식으로 꾸준히 허철후와의 약속을 지킬 생각이었다.

'자, 이제 진짜 시험에만 집중하자.'

입술을 굳게 다문 최치우는 언어 지문을 빠르게 훑어 내렸다.

그는 어렵게 출제된 모의고사에서도 연일 좋은 성적을 거뒀다.

지난 두 차례의 모의고사에 비하면 이번 수능은 난이도가 조금 쉽게 조정된 것 같았다.

아직 언어 영역만 보았지만 한 번에 감을 잡을 수 있었다.

'목표는 만점이다.'

그의 목표는 수능 만점이었다.

출발은 더할 나위 없이 좋았다.

과연 최치우가 금성고의 역사를 새로 쓸 수 있을지 해가 질 무렵이면 결판이 날 것이다.

　　　　　*　　　　　　*　　　　　　*

휘이이이—

칼바람이 쌩쌩 불며 지금이 겨울이라는 것을 증명했다.

하지만 최치우는 춥지 않았다.

어느덧 일 갑자를 채운 내공이 단전에 떡하니 버티고 있었
다.

숨만 쉬어도 충만한 내력이 혈도를 타고 전신을 돌아다니는
데 추울 리 없었다.

뿐만 아니다.

급할 때는 마나를 이용해 불덩어리를 소환할 수도 있었다.

이만하면 맨몸으로 겨울 산에서 조난을 당해도 여유롭게 살
아 돌아올 것이다.

무공과 마법을 동시에 익힌 그는 누구도 부럽지 않았다.

그동안 파이트 클럽 운영자는 2차전을 제의해 왔다.

그러나 최치우는 한국에서 제일 강한 상대가 아니면 응하지
않겠다고 대답했다.

어중간한 사람과 싸우는 건 의미가 없었다.

돈을 벌 수 있는 방법은 파이트 클럽 말고도 많기 때문이다.

그는 실전 경험에 보탬이 될 상대를 원했다.

내공과 마법을 쓰지 않고 싸우더라도 최소한 UFC 선수보다
센 상대여야 붙을 마음이 들 것 같았다.

'운영자가 생각이 있으면 다시 연락이 오겠지.'

최치우는 파이트 클럽에 대해 크게 신경 쓰지 않았다.

B급이긴 해도 그는 칠성파 행동대장 김인철을 압도하며 진가를 보였다.

운영자에게 안목이 있다면 반드시 제대로 된 대박 대진을 들고 올 것이다.

그보다 최치우는 기쁜 소식을 어머니에게 전달할 생각에 들떠 있었다.

그는 수능 시험에서 만점을 받았다.

정말 단 한 문제도 틀리지 않으면서 금성고의 자랑이 됐다.

문제는 올해 수능이 예년보다 쉽게 출제됐다는 점이다.

평소라면 수능 만점자가 한 명이나 두 명밖에 나오지 않는다.

그런데 이번에는 무려 열세 명이 만점을 받았다.

그럼에도 여전히 수능 만점은 대단한 일이지만, 관심은 분산될 수밖에 없었다.

'쓸데없이 귀찮아지지 않고 잘된 거라니까.'

최치우는 오히려 만점자가 여럿 나온 걸 다행으로 여겼다.

벌써부터 언론에 오르내리며 영양가 없는 주목을 받을 때가 아니었다.

"어머니!"

최치우가 김밥집 문을 열었다.

방금 막 주문받은 돈가스 김밥을 말고 있던 어머니가 눈을 크게 떴다.

아들이 말도 없이 가게로 찾아와 놀란 것이다.

"치우야, 무슨 일 있니?"

"사실 오늘 대학 발표 나는 날이었어요."

"정말?"

"서울대 합격했습니다!"

"우리 아들─! 장하다! 진짜 장하다!"

어머니가 말던 김밥을 놓고 소리를 질렀다.

이렇게 격하게 기뻐하는 모습은 최치우도 처음 봤다.

"어머! 축하해요, 언니!"

"이제 서울대 아들 됐네? 진짜 부럽다!"

김밥집의 주방 이모와 손님들도 축하를 보내줬다.

최치우는 넓은 어깨로 어머니를 꼭 안아드렸다.

서울대 공대 에너지자원공학과.

그곳에서 차원이 다른 꿈을 펼치게 될 것이다.

이제 10대가 아닌 20대, 성인으로서의 삶도 펼쳐지게 된다.

또 어떤 인연과 운명이 그를 기다리고 있을지 최치우도 두근거리는 마음으로 앞날을 기대했다.

10장

새내기는 에이스

"다음은 교장 선생님께서 자랑스러운 금성인상을 시상하시 겠습니다."

이상 기온으로 날씨가 갑자기 온화해져 전교생이 운동장에 서서 졸업식 행사를 진행할 수 있었다.

거의 일천 명에 달하는 금성고 학생들이 단상을 바라보고 있다.

"자랑스러운 금성인상, 3학년 1반 최치우!"

사회를 맡은 학생주임이 최치우의 이름을 불렀다.

미리 수상자 대열에 서 있던 최치우는 성큼성큼 단상 위로 올라갔다.

교복을 입는 마지막 순간, 전교생 앞에서 졸업생 대표로 상을 받게 됐다.

오늘 하루 휴가를 내고 졸업식에 온 어머니는 감동의 눈물을 훌쩍이고 있었다.

"본 학생은 평소 모범적인 학습 태도로 귀감이 되었으며, 특히 3학년이 된 후 성적을 올려 수능 만점이라는 쾌거를 이룬바 동급생과 후배들에게 할 수 있다는 자신감을 선사하였기에 자랑스러운 금성인상을 수상한다. 금성고등학교 교장 김정훈 대독!"

짝짝짝짝짝—!

결코 형식적이지 않은 박수가 터져 나왔다.

실제로 최치우는 후배들에게 희망을 주는 존재였다.

2학년 때까지 바닥을 기는 성적이었지만, 3학년에 들어서 수능 만점과 서울대 입학이라는 성취를 이뤄냈기 때문이다.

물론 누구든 최치우처럼 3학년 때 문과에서 이과로 전과를 하거나 갑자기 수능 만점을 받긴 힘들다.

그러나 먼저 해낸 사람이 있다는 것 자체가 후배들에게는 희망이 되는 법이다.

상장을 받은 최치우는 환하게 웃었다.

지난 1년, 금성고 교복을 입고 많은 것을 이루었다.

사실 학교가 그에게 해준 것은 별로 없었다.

그럼에도 무럭무럭 성장할 수 있는 울타리였다는 것만으로도 고마운 마음이 들었다.

불평보다 감사가 앞선다는 것은 최치우의 정신이 그만큼 성숙해졌다는 뜻이다.

"계속해서 우리 학교를 빛내줄 거라 믿으마."

교장 선생님의 덕담에 최치우는 힘껏 고개를 끄덕였다.

뺑뺑이 돌려서 고등학교를 배정받는 것이지만, 이 모든 게 운명이고 인연이다.

그는 몸을 돌려 박수를 보내준 전교생에게도 허리를 숙였다.

짝짝짝짝!

그의 인사를 받은 후배들이 다시 박수를 쳐줬다.

최치우는 새삼 멋진 선배, 멋진 형이 되는 것도 나쁘지 않겠다는 생각을 했다.

'열심히들 해서 사회로 나와라. 내가 제대로 이끌어줄게.'

최치우는 상장을 들고 내려오며 얼굴도, 이름도 모르는 후배들에게 약속을 했다.

나쁜 의미로 금성고 라인을 만들겠다는 것이 아니다.

다만 같은 학교에서 함께 공부하던 인연을 소중히 여기겠다는 뜻이다.

한 손에 상장을 들고 3학년 1반 맨 앞줄에 선 최치우의 모습은 무척 듬직해 보였다.

그는 고개를 돌려 어머니를 쳐다봤다.

어머니는 손수건으로 눈물을 훔치며 활짝 웃고 있었다.

자랑스러운 아들이 되겠다는 다짐을 어느 정도는 지킨 것 같았다.

'벌써 너무 감동하면 안 돼요. 이제 시작입니다, 어머니.'

최치우는 어머니와 눈을 맞추며 새로운 각오를 불태웠다.

졸업장을 받았으니 정말 학생 신분에서 벗어나 성인이 된 셈이다.

그의 20대는 파란만장한 열아홉 살 1년보다 더 찬란하게 빛날 것 같았다.

*　　　　*　　　　*

최치우는 서울대 공대에 합격했다.

보통 공대라고 하면 컴퓨터공학과를 제일 먼저 떠올린다.

하지만 그는 생소한 학과를 선택했다.

다름 아닌 에너지자원공학과다.

신입생 중에서 에너지자원공학과를 자발적으로 선택한 경우는 많지 않았다.

대부분 점수에 맞춰서 턱걸이를 한다.

그러나 최치우는 달랐다.

그는 공대를 가기 위해 이과로 전과를 했고, 여름방학 즈음부터 에너지자원공학과를 목표로 삼았다.

고1, 고2 내신이 좋지 않았지만 그의 고3 내신과 수능 만점이라는 성적은 독보적이었다.

게다가 논술과 면접에서도 좋은 점수를 받았다.

시험관들은 고3때 갑자기 성적을 올린 최치우의 집념을 높게 평가했다.

또 에너지자원공학에 대한 확고한 의지도 남다른 부분이었다.

만약 최치우가 욕심을 부렸다면 공대에서 더 인기가 높은 컴공과에 충분히 합격할 수 있었다.

기계화 군단의 엔지니어로 살던 경험을 활용하면 컴공과 수석은 누워서 떡 먹기일 것이다.

그럼에도 불구하고 최치우가 에너지자원공학과를 선택한 이유는 분명했다.

프로그램이나 앱 개발은 굳이 컴공과에 가지 않아도 할 수 있었다.

그러나 에너지 개발과 자원 탐사는 전공이 아니면 도전하기 힘든 과제이다.

그는 대한민국을 넘어 세계의 미래가 에너지에 달려 있다고 확신했다.

'에너지를 지배하는 자가 세계를 지배한다. 자원을 개발하는 건 아슬란 대륙으로 치면 던전에서 미쓰릴을 채취하는 것과 똑같은 일이고.'

최치우는 갓 스무 살이 됐지만 세상을 보는 시각은 누구보다 깊었다.

실리콘밸리가 급부상하며 너도나도 프로그래밍과 코딩에 열을 올리고 있지만, 레드 오션에서는 먹을 게 많지 않았다.

그는 기름 한 방울 나지 않는 대한민국의 미래를 개척하는 사람이 되고 싶었다.

그렇게 뚜렷한 확신이 있기에 에너지자원공학과라는 비인기 학과를 과감히 선택한 것이다.

'40년, 길어야 50년이면 석유의 시대가 끝나. 세계의 위기는 누군가에겐 기회가 된다. 그 기회, 내가 잡아야지.'

최치우는 대학 입학 전에 주어진 자유 시간을 무의미하게 보내지 않았다.

전공 서적을 미리 구입했고, 구글을 통해 원서를 번역하며 지식을 쌓았다.

한번 몰입하면 끝장을 보는 성격은 이번에도 어김없이 빛을 봤다.

금강나한권을 수련하고 마나와 친해지는 시간을 제외하면 나머지는 전공 공부를 위해 썼다.

입시에서 해방됐기 때문에 마음 가는 대로 꼭 필요한 지식을 흡수할 수 있었다.

아직 대학 1학년 1학기도 시작하지 않은 신입생이 3학년, 4학년이 읽는 원서를 탐독한다는 걸 누가 믿을까.

이런 속도라면 머지않아 대학원생들이 공부하는 원서를 분석하게 될 것 같았다.

물론 최치우에게도 고민이 없는 게 아니었다.

신입생 OT는 대충 다녀왔지만 내키지 않는 MT 날짜가 잡혔다.

MT를 빠지고 시작부터 아웃사이더가 되느냐, 아니면 고등학생 때와 달리 두루두루 친하게 지낼지 선택해야 했다.

더 심각한 고민은 따로 있었다.

에너지자원공학과는 크게 네 개의 파트로 나눠져 있었다.

에너지 자원 개발 시스템, 신재생 에너지, 에너지 인프라 및 건설 기반, 그리고 지구 환경 및 인간 생활환경이다.

1학년이 끝날 때쯤 학생들은 심화 전공으로 네 파트 중 하나를 선택한다.

이미 1학년 레벨을 넘긴 최치우는 고민을 빨리 할 수밖에 없었다.

'지구에도 미쓰릴이나 아다만틴 같은 신금속과 에너지가 존재하고 있을 거야. 다만 그걸 알아보고 활용할 사람이 없었겠지. 어쩌면 나는… 지구의 역사를 바꾸는 사람이 될지도 모르겠군.'

최치우가 어떤 길을 걸어갈지 아직은 확실하게 정해지지 않았다.

하지만 그의 포부는 명확했다.

누군가 걸어간 길을 따라가는 게 아닌, 이전에 존재하지 않던 길을 만드는 사람이 되려는 것이다.

그러면서 인연과 행복이라는 소중한 가치도 놓치고 싶지 않았다.

새내기 MT를 앞둔 최치우의 육체와 정신, 그리고 꿈은 멈추지 않고 성장하는 중이었다.

결국 최치우는 신입생 MT에 참석했다.

개강을 했지만 이제 겨우 첫 강의에서 교수님들과 상견례를 마쳤을 뿐이다.

대부분 MT를 다녀와야 비로소 대학 생활이 시작됐다는 느낌을 받는다.

물론 최치우는 그런 이유 때문에 MT에 참석한 건 아니었다.

그는 자발적 아웃사이더가 될 용의도 있었다.

1박 2일 내내 술을 마시는 건 시간 낭비라고 생각됐다.

하지만 같은 대학, 같은 학과에서 만나게 된 인연을 처음부터 소홀히 여길 순 없었다.

고등학교 시절과는 달리 대학에서는 사람다운 교류를 나눠 볼 작정이다.

자신의 사회성이 떨어지지 않는다는 걸 증명하고 싶기도 했다.

뿐만 아니라 서울대 에너지자원공학과에 모인 학생들은 나름 전국에서 한가락 하던 수재들이다.

이들이 나중에 어떤 인물로 성장할지 모른다.

순진한 대학 신입생 때의 인연이 훗날 비장의 무기가 될 수도 있었다.

'잘한 선택이겠지?'

최치우는 단체 버스 뒷자리에 앉아 남몰래 고개를 갸웃거렸다.

아직 친해지기 전이라 서먹서먹한 분위기가 감돌았다.

사교성 좋은, 혹은 나대기 좋아하는 놈들과 분위기 메이커 역할을 부여받은 2학년 선배들이 그나마 쉬지 않고 떠드는 중이다.

'일단 지금은 잠이나 자야겠다.'

최치우는 미련 없이 두 눈을 감았다.

개강 전부터 전공 공부에 몰두하느라 잠이 부족했다.

운기조식으로 피로를 풀어서 크게 무리는 없지만, 역시 진짜 잠을 자는 것보다는 못했다.

그런데 옆자리에서 들려온 수다가 그가 잠드는 걸 방해했다.

"너 이거 봤어? 리얼 헌터."

"당근이지. 요즘 볼 만한 웹툰 몇 개 없어. 네트에선 리얼 헌터가 대세잖아."

"그치? 재밌는 것들 전부 다 휴재하고. 이거 작가, 신인이라는데 그림도 완전 예쁘고 스토리도 긴장감 대박 쩔어."

옆자리의 신입생 동기들이 리얼 헌터 이야기를 하고 있었다.

최치우와 문지유가 함께 만든 웹툰 리얼 헌터는 지속적으로 상한가를 쳤다.

네트에서 계약금과 선금 1억을 준 작품답게 기대를 충족시켰다.

'보는 눈이 있군.'

최치우는 흐뭇한 표정으로 수다를 떠는 두 사람을 쳐다봤다.

귀엽게 생긴 여학생들이다.

둘 다 풋풋한 외모 덕에 복학생들의 마음을 꽤나 울릴 것 같았다.

하지만 딱히 이성적인 관심은 동하지 않았다.

그저 리얼 헌터의 스토리 작가로서 고마운 마음이 들었을 뿐이다.

작가에게 있어 자기 작품은 자식과 동급이다.

자식 칭찬이 제일 기분 좋은 것처럼 작가에게는 작품 칭찬이 최고이다.

최치우는 웹툰 작가라는 정체성을 가볍게 여기지 않았다.

우선 그는 상상으로 만든 이야기가 아닌 진짜 자신의 이야기를 풀어냈다.

그만큼 작품에 대한 애착이 더 클 수밖에 없다.

더구나 최치우의 인생 첫 번째 직업이 바로 웹툰 작가였다.

나중에 다른 직업을 더 많이 갖게 되겠지만, 각별하게 생각되는 게 사실이다.

최치우는 귀엽게 생긴 동기들의 얼굴을 기억하고 눈을 감았다.

그를 태운 버스는 목적지인 춘천까지 신나게 달리고 있었다.

*　　　　　*　　　　　*

"자, 이제 마시고 죽는 거야!"

"먼저 쓰러지면 얼굴에 뭐가 그려져 있을지 모른다!"

어엿한 성인들이 모였지만 MT에서는 모두 유치해진다.

자기소개와 이런저런 순서를 마치고 드디어 신입생 MT의 하이라이트인 밤샘 음주 시간이 도래했다.

하루 사이 안면을 익힌 신입생과 선배들은 작은 동그라미를 여러 개 만들었다.

하나의 동그라미에 다섯 명 정도가 앉아서 술판을 벌였다.

머지않아 한 명 두 명 술에 취해 쓰러지면 각각의 동그라미가 합쳐지게 될 것이다.

"너는… 이름이 뭐라 그랬지?"

"최치우입니다."

3학년 복학생이 최치우를 불렀다.

고학번이 신입생 MT에 참석하는 경우는 두 개로 나뉜다.

눈치가 더럽게 없거나 학과에서 정말 인기가 많거나.

최치우에게 질문을 한 3학년은 후자였다.

깔끔하고 훈훈하게 생긴 그는 에너지자원공학과 과대를 맡은 이시환이었다.

"그래, 치우! 부리부리하게 잘생겼다."

"감사합니다!"

"일단 한 잔 받고, 너는 왜 우리 과에 왔어?"

선배들이 으레 돌아가며 던지는 질문이다.

최치우는 맥주잔에 소주를 받으며 대답했다.

"지구를 구하고 싶어서요. 부와 명예는 덤이고."

"뭐… 라고?"

가볍게 질문한 이시환이 벙찐 얼굴을 했다.

같이 모여 술을 마시던 신입생들도 최치우를 쳐다봤다.

그러나 최치우는 진지했다.

"재생에너지와 신자원 분야에선 약간의 가능성만 보여도 떼돈을 벌 수 있잖아요. 게다가 지구의 미래를 위해 반드시 해결해야 할 과제니까. 말 그대로 지구를 구하려고 에너지자원공학과에 왔습니다."

"하하하하, 너 완전 사차원이다. 맘에 들어! 그래도 전공 이해도는 장난 아니게 높네."

이시환이 웃음을 터뜨렸다.

그는 최치우가 마음에 든 듯 술잔을 쭉 내밀었다.

"자, 지구를 구할 사차원 최치우를 위하여!"

"위하여—!"

다른 학생들도 이시환을 따라 건배사를 외쳤다.

최치우는 맥주잔 가득 들어 있던 소주를 단숨에 마셨다.

아무리 독한 술을 마셔도 몸에 들어가는 순간 단전의 내공이 알코올을 태워 버린다.

일부러 내공을 억제하지 않는 한 취할 수가 없는 것이다.

하지만 사정을 모르는 다른 사람들 눈에는 최치우의 주량이 어마어마하게 보이는 게 당연했다.

이시환이 그런 최치우에게 감탄하며 말했다.

"이야, 너 술 마시는 거 보니까 총학 회장해도 되겠는데?"

"총학 회장? 그거 하면 좋은 겁니까?"

"골치 아프지. 옛날처럼 뒷돈 챙기다간 큰일 나는 세상이고,

단과대 돌아다니며 술도 엄청 마셔야 되고. 그래도 사회 나가면 그만한 스펙이 또 없잖아? 서울대를 대표하는 한 사람이 된다는 것도 느낌 있지 않겠어?"

이시환이 씨익 웃었다.

그가 오늘 처음 본 신입생 최치우에게 진짜로 총학 회장을 권할 리 없었다.

아무나 하고 싶다고 할 수 있는 일도 아니었다.

그냥 말이 나온 김에 이야기를 풀어놓는 것뿐이다.

그러나 최치우는 속으로 다른 생각을 했다.

'서울대를 대표하는 한 사람이 된다. 까짓것, 총학 회장 한번 해보는 것도 재밌겠어.'

서울대 총학생회 회장으로 당선되면 주요 일간지에 기사가 실린다.

총학의 명성이 예전만은 못해도 서울대 회장은 상징적인 의미를 갖는 존재이다.

그런 사실을 아는지 모르는지 최치우는 총학 회장을 고등학교 반장처럼 쉽게 생각했다.

이시환의 농담이 나중에 어떤 파장을 몰고 올지 아직은 아무도 짐작할 수 없었다.

"마셔라, 마셔라! 마셔라, 마셔라! 쭉, 쭉쭉, 쭉쭉!"

그렇게 이어진 술자리에서 최치우는 막강한 주량을 과시하며 관심을 받았다.

어느덧 몇 개의 동그라미가 작살났다.

최치우에게 관심을 보인 이시환도 넓은 방구석에 쓰러져 있다.

해가 뜰 무렵까지 살아남은 다섯 명이 하나의 동그라미를 다시 만들었다.

그런데 익숙한 얼굴이 보였다.

춘천으로 오는 버스 안에서 웹툰 리얼 헌터 이야기를 하던 여학생 중 한 명이다.

아까도 평균 이상의 외모라고 생각했지만, 취기가 올라 빨개진 얼굴은 한층 더 귀여웠다.

그녀는 생긴 것과 다르게 술을 제법 잘 마시는 모양이다.

"짝!"

"4!"

"5!"

"6, 아, 아니, 짝!"

369게임에서 그녀가 걸리고 말았다.

동그라미 가운데는 어김없이 소주로 가득 채운 맥주잔이 놓여 있었다.

이미 많이 취한 상태에서 마시기엔 버거운 양이다.

벌칙에 당첨된 그녀가 울상을 했다.

"나 이거 마시면 토할지도 몰라요."

말끝을 흐리며 살짝 고개를 젓는 모습이 애 같았다.

하지만 흑기사를 해줄 남자 선배들은 진즉 쓰러졌다.

남아 있는 건 2학년 여자 선배 두 명과 반쯤 맞이 간 1학년 남자, 그리고 최치우가 전부였다.

"유은서, 뭐 해? 걸렸으면 무조건 마셔야지!"

여자 선배 한 명이 걸걸한 목소리로 외쳤다.

덕분에 최치우는 여자 동기의 이름이 유은서라는 걸 알게 됐다.

'리얼 헌터 애독자인데… 도와주지, 뭐.'

생각을 마친 최치우가 손을 번쩍 들었다.

"흑기사 하겠습니다."

"오! 신입생들, 벌써 눈 맞은 거야? 그런 거야?"

"수상한데, 수상해."

최치우가 나서자 여자 선배 두 명이 호들갑을 떨었다.

쓰러지기 직전의 1학년 동기도 게슴츠레한 눈길로 최치우와 유은서를 번갈아 쳐다봤다.

"그런 거 아닙니다. 아무튼 흑기사."

최치우는 손을 뻗어 술잔을 들었다.

망설임 따위는 없었다.

꿀꺽꿀꺽.

그는 표정 하나 변하지 않고 술잔을 비웠다.

남아 있는 사람들에게서 박수가 터져 나왔다.

"야, 너 진짜 잘 마신다. 근데 흑기사 했음 소원을 말해야지."

여자 선배들이 감탄하며 최치우를 부추겼다.

딱히 소원이랄 게 없는 최치우는 유은서를 물끄러미 쳐다봤다.

그녀는 갑자기 흑기사를 해준 최치우를 계속 쳐다보고 있었다.

그러다가 눈이 마주치자 얼른 고개를 돌렸다.

"내 소원은… 너 이름이 유은서라고 했나? 저기 구석에 가서 자라. 상태 안 좋아 보인다. 선배님들, 우리 셋이서 끝을 보죠."

"어쭈? 화끈한데?"

"좋아, 끝까지 가는 거야!"

여자 선배 두 명이 신이 나서 목소리를 높였다.

최치우는 유은서가 이쯤에서 빠질 수 있도록 배려해 준 것이다.

1학년 남자 동기는 기다렸다는 듯 뒤로 자빠졌다.

"나 아직 괜찮은데……."

유은서가 쭈뼛거렸지만 최치우는 고갯짓으로 빠지라는 신호를 줬다.

얼른 여자 선배 두 명도 쓰러뜨리고 뒷정리를 할 생각이다.

술판에서 벗어난 유은서는 묘한 눈길로 최치우의 뒷모습을 바라봤다.

최치우는 별생각 없이 흑기사를 해줬지만, 본의 아니게 스무 살 파릇파릇한 신입생의 가슴에 깊이 각인된 것 같았다.

정작 그는 아무렇지 않게 여자 선배 두 명을 술로 격파했다.

짧고 굵은 신입생 MT가 끝나고, 에너지자원공학과에 뜨거운 소문이 돌았다.

수능 만점을 받고 입학한 사차원 신입생이 역대급 주량으로 MT를 지배했다는, 누가 들어도 흥미가 생길 소문이었다.

최치우는 벌써부터 다방면에서 에이스 본색을 드러내고 있었다.

금성고에 이어 서울대를 접수할 날도 금방 다가올 것 같았다.

소문은 빠르다.

생각보다 금방 퍼진다.

신입생 MT에서 전설 아닌 전설을 만든 최치우는 에너지자원공학과 요주의 인물이 됐다.

물론 나쁜 뜻은 아니었다.

선배들은 그의 주량을 시험하기 위해 저녁마다 도전장을 내밀었다.

서울대 공대의 음주 최종 보스는 7년째 학교에 다니는 컴공과 고학번 복학생이었다.

그는 소맥과 양맥 폭탄주를 번갈아 타며 최치우를 공략했지만 난공불락이었다.

결국 공대 최종 보스는 술집 화장실에서 오바이트를 하고 기절한 채 발견됐다.

최치우는 개강 후 한 달이 지나기 전에 공대를 평정해 버렸다.

단순히 술로만 인정받은 게 전부는 아니다.

그는 평범한 신입생과 달리 포부와 목표가 뚜렷했다.

에너지자원공학과에 대해 누구보다 철저히 예습을 했고, 술자리에서는 전공 대화가 나올 때마다 10년 묵은 조교처럼 설명을 술술 풀어놓았다.

요즘 세상에 자기 전공을 진심으로 좋아하는 대학생을 찾기란 사막에서 바늘 찾기만큼 힘든 일이다.

그러나 최치우는 선배들도 잊고 있던 비전을 이야기하며 에너지자원공학과에 대한 애정을 숨기지 않았다.

사차원적인 면모였으나 술자리에 함께한 사람들의 호감을 사는 데는 제격이었다.

꿈이 사라진 헬조선이지만, 그렇기에 사람들은 여전히 꿈을 꾸는 소수의 인물을 좋아하고 따른다.

최치우는 에너지자원공학과를 넘어 공대 전체에 희미해진 꿈을 불어넣는 존재였다.

하지만 실력 없이 말만 앞선다면 꿈이 아니라 망상이다.

술 잘 마시고 비전이 있다고 해서 주목받는 건 학기 초반뿐이다.

실력으로 진짜 에이스임을 증명해야 했다.

기회는 금방 찾아왔다.

1학년 전공과목인 에너지의 미래는 중간고사를 조별 발표로 대신했다.

사실 대학생들은 조별 과제를 극도로 싫어했다.

공산주의가 왜 망하는지 알고 싶으면 대학 조별 과제를 해보라고 할 정도이다.

반드시 아무것도 안 하고 묻어가려는 조원이 나오기 때문이다.

최치우의 조에도 속칭 뺑끼를 치려는 학생들이 섞여 있었다.

4인 1조인데 한 명이 역할을 안 하면 세 명이 부담을 지게 된다.

그나마 다행인 건 에너지의 미래가 1학년 전공과목이라서 선배들이 없다는 점이다.

최치우는 인정사정 봐주지 않고 자신의 조를 장악했다.

만약 선배가 포함됐다면 하극상도 감수했을 것이다.

과외 때문에 바쁘다고 미적거린 남학생은 삼수생이었다.

다른 1학년보다 두 살이 더 많기에 조별 과제를 날로 먹으려는 건지 몰랐다.

그러나 최치우 앞에선 통하지 않았다.

그는 무림을 평정할 수 있는 무공과 아슬란 대륙을 놀라게 만든 마법을 일상에 사용했다.

원래는 마교를 때려잡고 몬스터를 불에 구워버리는 데 써야 한다.

하지만 아직까지 현대의 지구에선 그럴 일이 없다.

이러려고 무공과 마법을 배웠나 하는 자괴감이 들 수도 있지만 아무럼 어떤가.

필요할 때 마음대로 쓸 수 있으면 그만이다.

고오오오—

최치우가 단전의 내공을 개방시키면 주위의 공기가 바뀐다.

눈에 보이지 않는 무형의 기운이 사방을 옥죄며 지배하는 것이다.

내력이 없는 보통 사람은 감당하기 힘들다.

저도 모르게 심신이 억눌리며 답답한 기분을 느낄 수밖에 없다.

최치우는 거기에 더해 3서클 마법 사일런스 스페이스를 역으로 걸었다.

능글거리던 삼수생은 일시적으로 외부의 모든 소리가 차단되는 것을 경험했다.

그것만으로도 오싹한데 화룡점정(畫龍點睛)으로 전음을 보냈다.

[똑바로 해라. 까불지 말고.]

믿기 힘든 일이었다.

최치우는 분명 입을 굳게 다물고 있는데 그의 음성이 사방에서 웅웅거리며 들렸다.

그런데 다른 사람들은 아무것도 모르는 눈치다.

내공으로 위축시키고, 마법으로 소리를 차단하고, 전음으로 경고를 날린다.

3단 콤보가 작렬했다.

최치우 입장에서는 사소한 행동이지만 당하는 사람은 귀신을 본 느낌일 수밖에 없다.

영문은 몰라도 함부로 나대다간 큰코다치겠다는 불길한 사인을 주기엔 충분했다.

"다시 한번 물어볼게요. 아무리 바빠도 자기 역할은 해줬으면 합니다."

최치우가 힘주어 말했다.

삼수생은 더 이상 최치우의 말을 가볍게 넘기지 못했다.

"어… 그, 그럼 나는 모레까지 자료 조사 해서 단톡방에 올릴게."

"네트에 대충 검색해서 컨트롤 C, 컨트롤 V 하는 거면 도움이 안 됩니다."

"전공 서적이랑 참고 자료 찾아서 만들어야지. 열심히 할게."

삼수생이 제법 힘든 일을 떠안았다.

자연스레 리더십을 보인 최치우는 일사천리로 역할을 분담했다.

"너 PPT 할 줄 알지? 그럼 PPT는 니가 만들어줘."

"알았어."

야무지게 생긴 여학생에겐 파워포인트를 부탁했다.

나머지 한 명은 최치우와 함께 자료를 검토해서 발표 원고를 작성할 예정이다.

특별히 원하는 사람이 없어서 발표는 최치우가 맡게 됐다.

최치우는 첫 번째 조별 회의에서 30분도 지나기 전에 역할을 나누고 로드맵을 짰다.

아니나 다를까, 다른 조는 책임 회피를 하는 조원들 때문에 서로 원수가 되고 있었다.

'누군가 대신 나서줄 거라는 기대는 무의미해. 문제가 있으면 모두 내가 해결한다. 그 열매도 내가 먼저 따서 함께 나누면 되고.'

최치우는 리더가 되어 조별 과제를 진행하며 큰 교훈을 얻었다.

아주 작은 단위의 조직이지만 그는 사람들을 이끄는 법을 배워갔다.

이전까지의 삶에서 그는 혼자서만 싸우는 외로운 승부사였다.

그러나 최치우는 불특정 다수를 자기 사람으로 만들 역량을 키우고 있었다.

그는 자신도 모르는 사이 많이 변화하고 또 많이 성장하는 중이다.

*　　　　　*　　　　　*

"이처럼 에너지의 미래는 우리가 감히 짐작하기 어려운 것입니다. 지금의 과학적 지식으로 한계를 긋고 재단하면 안 됩니다. 수소와 전기가 새로운 대체 에너지로 각광받고 있지만, 메탄 하이드레이트 같은 미지의 에너지원이 언제 떠오를지 모릅니다. 당장은 활용 가능한 방법이 없어도 기술이 발전하면 이야기가 달라지겠죠. 우리가 상상해 본 적도 없는 에너지와 금속이 세계를 구할 수도 있습니다. 에너지의 미래는 곧 인류와 세계의 미래입니다."

발표가 끝났다.

최치우는 군더더기 없이 깔끔하게 조별 과제를 마무리 지었다.

그가 조를 이끌었지만 네 명 모두 자기 역할을 해냈다.

처음에는 어떻게든 꿀을 빨려고 하던 삼수생도 자료 조사를 열심히 했다.

짝짝짝짝짝!

강의실에 박수 소리가 울렸다.

원래 예의상 발표가 끝날 때마다 박수를 친다.

그렇지만 최치우를 향한 박수 소리는 유독 큰 것 같았다.

같은 강의실의 학생들도 누가 과제를 잘했는지 알 건 다 알기 때문이다.

"1학년 조별 과제에서 이런 퀄리티라니, 기대 이상이에요. 아주 훌륭했어요."

"감사합니다. 조원들이 노력해 준 덕분입니다."

최치우는 공개적으로 교수의 칭찬을 받았다.

그러면서 공을 조원들과 나누는 걸 잊지 않았다.

작은 칭찬이라도 함께 고생한 사람들을 챙기는 건 아주 중요한 덕목이다.

최치우는 1학년답지 않은 멋진 발표와 더불어 조원들을 챙기는 모습으로 좋은 이미지를 만들었다.

신입생 MT와 연이은 술자리에 이어 전공과목 조별 과제를 통해 또 한 번 두각을 나타낸 것이다.

"최치우 군은… 강의 끝나고 내 방으로 와요."

"알겠습니다."

미중년이라고밖에 표현할 길이 없는 교수가 최치우를 따로 불렀다.

최치우는 아직 그에 대해 잘 몰랐다.

그러나 전공 교수의 부름을 받은 건 나쁜 일이 아닐 터였다.

그렇게 강의가 끝났고, 보나마나 최치우의 조는 A+를 받게 될 것이다.

최치우는 전공 교수가 어떤 사람인지 알아보며 그의 연구실로 걸어갔다.

'김도현 교수, 세계가 주목하는 미래 에너지 전문가인데… 미국에 교환교수로 갔다가 이번에 복귀하셨군. 그래서 모를 수밖에 없었어. 특이한 점은 전설적인 고고학자 김도훈의 손자, 역시 평범한 사람은 아닌 것 같네.'

최치우는 입학하기 전부터 에너지자원공학과에 대한 준비를 철저히 했다.

그래서 웬만큼 유명한 전공 교수는 다 알고 있었다.

김도현 교수를 빼먹은 건 그가 지난 학기까지 외국에 있었기 때문이다.

똑똑—

여유를 두고 천천히 움직인 최치우는 연구실 문을 두드렸다.

문을 열어준 건 김도현 교수가 아닌 조교였다.

"어떻게 왔어요?"

"에너지자원공학과 1학년 최치우입니다. 교수님께서 잠깐 보자고 하셨습니다."

"아, 이야기 들었어요. 들어와요."

무슨 말을 들었는지 조교가 흔쾌히 문을 열어줬다.

연구실 안에는 김도현 교수가 쓰는 방이 따로 하나 더 있었다.

"교수님, 1학년 최치우 학생 왔습니다."

"들어와요. 그리고 우리 커피 두 잔만 부탁해요."

김도현 교수는 조교에게도 존댓말을 쓰는 모양이다.

권위적인 대학 사회에서 흔치 않은 모습이다.

그의 집무실에 들어선 최치우는 인사를 하고 소파에 마주 앉았다.

"내가 좀 찾아봤는데 수능 만점을 받았더군요. 과대인 이시환 학생도 최치우 학생을 아주 좋게 평가하고 말이에요."

김도현 교수는 잠깐 사이 최치우에 대해 조사를 마쳤다.

최치우가 연구실로 걸어오며 김도현에 대해 알아본 것과 똑같았다.

"방금 전 발표는 1학년 레벨이 아니었어요. 디테일이 중요한 게 아니라 미래 에너지를 바라보는 시각 자체가 아주 남달라서……. 사실 한국에서 열심히 공부해 서울대를 온 학생들은 어딘지 머리가 딱딱하게 굳어 있는 경우가 많잖아요. 그런데 최치우 학생은 다른 거 같아서 커피나 한잔 마시고 싶었어요."

어려서부터 외국에서 자라서인지 김도현의 말투는 나긋나긋했다.

다른 중년 남성이라면 이상하겠지만, 갈색 뿔테와 부드러운 눈매 때문에 말투도 제법 잘 어울렸다.

"과찬이십니다."

"좀 즉흥적으로 떠오른 생각인데, 여름방학 계획이 있어요?"

"아직 특별한 건 없습니다."

"우리 과에서 대학원생과 고학년 한두 명이 포함된 탐사대를 만들 계획이에요. 원래라면 신입생은 자격이 없지만 최치우 학생이 원한다면 함께했으면 하는데, 어때요?"

"탐사대라면 어떤 활동을 하는지 궁금합니다, 교수님."

"이번 여름엔 독도를 갈 거예요. 최치우 학생이 발표한 메탄 하이드레이트를 탐구하는 게 목적이지요."

미국에서 돌아온 촉망받는 학자 김도현은 독도 밑에 매장된 불타는 얼음 메탄 하이드레이트(Methane Hydrate)에 지대한 관심을 갖고 있었다.

최치우는 길게 생각하지 않았다.

고민이 필요한 때가 있고 곧장 결단을 내려야 할 때가 있는 법이다.

"참여하겠습니다."

"시원시원하네요. 좋아요. 대신 여름방학 전까진 혼자 알고 있어요."

김도현과의 만남이 최치우를 어디로 이끌지 알 수 없었다.

다만 분명한 것은 최치우의 가슴이 세차게 뛰고 있다는 사실이다.

11장

미래 에너지 탐사대

　김도현 교수는 미국에서 서울대로 돌아올 때부터 탐사대 프로젝트를 구상했다.

　그는 모두에게 존댓말을 쓰는 미중년이지만, 책상 앞 모범생과는 거리가 멀었다.

　강의실에서 백날 에너지가 어떻고 떠드는 것보다 눈으로 한 번 보는 게 더 좋은 공부가 된다고 믿었다.

　그래서 옛말에도 백문이 불여일견이라고 했다.

　물론 대학원생과 몇 명의 학부생이 탐사대를 꾸렸다고 해서 성과를 내긴 힘들다.

　하지만 탐사대에 소속된 사람들은 단기간에 산지식을 얻게 될 것이다.

그것만으로도 서울대 에너지자원공학과가 배출하는 인재의 질이 달라질 수 있었다.

당연히 이런 프로젝트를 이끄는 김도현의 교수 평가도 높아질 것이고, 서울대 공대 역시 주목을 받을 가능성이 높았다.

대학과 김도현 교수, 그리고 참여 학생 모두에게 두루두루 이득이 되는 프로젝트였다.

김도현 교수는 탐사대 이름을 F.E라고 지었다.

미래 에너지 탐사대[Future Energy Expediton]의 이니셜을 딴 것이다.

그는 1학기 기말고사를 앞두고 탐사대 멤버들을 모두 한자리에 불렀다.

석, 박사 통합 과정을 밟고 있는 대학원생 세 명, 3학년 이시환, 그리고 1학년 최치우가 전부였다.

원래는 대학원생만 데려갈 예정이었다고 한다.

그러나 이시환은 과대를 맡아 김도현 교수와 왕래하며 점수를 땄고, 최치우는 중간고사 조별 과제에서 인상적인 모습을 보였다.

덕분에 두 명의 학부생이 끼게 된 것이다.

특히 신입생이 서울대 공대 교수진 전체의 기대를 받는 프로젝트 멤버가 된 것은 무척 이례적인 일이었다.

"조만간 언론에 기사가 나갈 거예요. 서울대 공대에서 야심차게 추진하는 프로젝트라고 대대적으로 홍보가 될 예정이지요."

김도현 교수의 말을 들으니 실감이 났다.

그의 연구실에 모인 다섯 명은 진지한 얼굴로 고개를 끄덕이고 있었다.

"너무 큰 부담을 가질 필요는 없어요. 우리 탐사대의 목표는 새로운 미래 에너지에 대한 관심을 고취시키고 스스로 성장해서 에너지자원공학과를 이끄는 인재로 거듭나는 것이에요. 당장 엄청난 발견을 하거나 유의미한 성과를 내야 한다고 기대하지 않아요. 그러니 탐사대 활동 또한 강의라고 생각하면서 마음 편하게 먹어요."

"네, 교수님."

가장 연차가 높은 대학원생이 대표로 대답했다.

그는 석, 박사 통합 과정 5년 중에 벌써 4년을 소화한 최고참이었다.

김도현 교수는 한 명, 한 명씩 눈을 마주치며 말을 계속 이어나갔다.

"첫 번째 탐사지는 미리 말했다시피 독도예요. 한일 간의 역사 문제도 걸려 있지만 독도 밑에는 엄청난 양의 메탄 하이드레이트가 매장돼 있어요. 아쉽게도 현재의 과학기술로는 해저의 메탄 하이드레이트를 활용할 방법이 많지 않으나… 가장 가까이 다가온 미래 에너지라고 할 수 있겠네요. 현장에 가서 환경을 살피고 해저 시추 전문가들을 만나 여러 이야기를 들으면 여러분의 시야가 넓어질 거예요."

김도현 교수가 조곤조곤 설명하는 걸 듣고 있으니 가슴이 두근거렸다.

최치우는 해저 시추 전문가를 만나는 게 기대됐다.

심해에서 자원을 끌어 올려 인류가 살아갈 에너지를 만든
다.

남자라면 누구나 가슴이 뛸 수밖에 없는 일이다.

그는 머릿속으로 해저 시추 전문가에게 물어볼 질문 리스트
를 만들었다.

자주 오는 기회가 아니니 알차게 활용할 작정이다.

"자세한 일정은 나오는 대로 알려주겠어요. 연락책은 과대를
맡고 있는 이시환 학생이 하면 좋겠네요."

"열심히 하겠습니다, 교수님!"

이시환이 의욕적으로 대답했다.

그는 탐사대에 포함된 게 얼마나 큰 기회인지 잘 알고 있었
다.

향후 대학원을 가던 취업을 하던 탐사대 활동은 유니크한
스펙이 될 것이다.

"우리 학부 멤버 두 명은 경험을 쌓는 데 중점을 두고, 대학
원생 멤버들은 논문 쓰는 데 참고하도록 아이디어를 내봐요.
그럼 오늘은 이만 해산, 단합 대회는 일정 나오면 하도록 해요."

"수고하셨습니다, 교수님."

"감사합니다, 교수님."

김도현 교수는 자리를 오래 끌지 않았다.

한번 입을 열었다 하면 30분 넘게 설교를 늘어놓는 여느 교

수들과는 달랐다.

확실히 외국에서 자라고 세계무대에서 놀아본 사람이라 태도부터 다른 것 같았다.

알면 알수록 전설적 고고학자이던 할아버지의 후광을 스스로 극복한 티가 나는 듯했다.

'이번 여름… 독도로 간다.'

최치우는 선배들과 함께 일어서며 눈을 빛냈다.

독도에서 단순히 현장 답사만 하고 싶지는 않았다.

이왕이면 뭔가 의미 있는 사건을 만들고 싶었다.

다들 1학년 최치우에겐 크게 기대를 걸지 않기에 오히려 자유롭게 활약할 수 있을 것 같았다.

F.E의 정식 멤버가 된 최치우는 뜨거운 여름을 기다리고 있었다.

1년 전 여름방학 때 그는 웹툰 연재와 파이트 클럽에서의 승리 등 많은 것을 얻어냈다.

대학에서의 첫 여름방학은 더더욱 흥미진진할 거라는 예감이 들었다.

그리고 이제껏 그의 예감이 빗나간 적은 손에 꼽을 정도이다.

＊　　　　＊　　　　＊

"축하한다, 치우야."

"그래, 진짜 대단해! 시환 선배야 과대니까 그렇다 쳐도 어떻게 1학년이 탐사대에 들어갈 수 있지?"

"김도현 교수님 강의 때 치우가 발표 대박으로 했잖아. 실력으로 들어간 거지, 뭐."

1학년 동기들이 500cc 맥주잔을 들고 한 마디씩 축하를 보냈다.

주인공은 최치우였다.

며칠 전 서울대 공대에서 미래 에너지 탐사대를 만들었다는 기사가 배포됐다.

탐사대원 명단에는 최치우의 이름도 당당하게 들어가 있었다.

언론에서는 서울대 공대의 위대한 도전이라며 탐사대 프로젝트를 치켜세웠다.

국제적으로 인정받는 김도현 교수가 할아버지인 고(故) 김도훈 회장의 업적을 뛰어넘기 위해 띄운 승부수라는 분석도 나왔다.

분명한 건 언론과 사회, 그리고 서울대에서 미래 에너지 탐사대 F.E를 주목한다는 사실이다.

그러다 보니 은연중 최치우와 이시환을 질투하는 학생들도 있었다.

특히 시기와 질투는 신입생인 최치우에게 집중됐다.

"아직 축하받을 일은 아니고, 내가 가서 잘해야지. 지금 이런저런 말들이 많이 나오는데 진짜 축하는 독도에 다녀와서 받을게."

최치우는 의연하게 대처하고 있었다.

그의 어른스러운 태도는 호프집에 모인 동기들을 새삼 감탄 시켰다.

"우리 같으면 신나서 엄청 들뜰 텐데, 너 진짜 스무 살 맞냐? 아니지? 알고 보면 막 스물일곱 살이고 그런 거 아냐!"

친구의 농담에 분위기가 업되기 시작했다.

최치우는 기분 좋게 웃으며 맥주잔을 들었다.

"아무튼 오늘은 내가 쏜다. 모여줘서 고맙고, 여름방학도 잘 보내자!"

"짠―!"

기말고사가 끝났기에 여름방학이 시작된 것이나 다름없었 다.

성적 발표가 되기 전 이맘때가 대학생들이 가장 풀어지는 시기이다.

"저기, 치우야."

테이블 맞은편에 앉은 여학생이 최치우를 불렀다.

신입생 MT 때 최치우가 흑기사로 구해준 유은서였다.

리얼 헌터의 팬이기도 한 그녀는 1학기가 지나는 동안 미모 에 물이 올랐다.

마냥 귀여운 얼굴이었는데 조금씩 꾸미기 시작하니 확 예뻐 졌다.

벌써 여러 선배들이 접근했지만 유은서는 철벽을 치고 누구도 사귀지 않는 걸로 유명했다.

"어?"

"방학 때 F.E에서 독도 가는 거 말고 다른 계획 있어?"

"아니, 아직 다른 계획은 없어. 탐사대도 올 여름에는 독도만 다녀올 것 같다."

"그럼 나 연극 동아리에서 작품 올리는데 보러 올래? 대학로에서 하거든."

"그래."

최치우는 가볍게 고개를 끄덕였다.

같은 과 동기의 동아리 연극을 보지 않을 이유가 없기 때문이다.

그런데 옆에 앉은 친구들이 둘을 놀렸다.

"우우! 유은서, 지금 치우한테 작업 건 거 맞지?"

"그러게. 얘 좀 봐. 선배들 대시는 다 까더니 왜 우리한텐 연극 보러 오란 말 안 하고 치우한테만 그래쓰까? 왜 그래쓰까?"

"그런 거 아니야!"

유은서의 하얀 얼굴이 빨갛게 달아올랐다.

최치우는 피식 웃으며 친구들이 놀리는 걸 듣고만 있었다.

한 학기 동안 그는 자연스레 에너지자원공학과 1학년의 리더로 부상했다.

고등학교 때와 달리 여러 사람과 어울리며 그들을 이끌 수 있다는 게 즐거웠다.

우웅— 우웅—

그때 최치우의 스마트폰이 울렸다.

"잠깐 전화 좀 받고 올게."

최치우는 양해를 구하고 자리에서 일어났다.

그는 전화를 받으며 조용한 쪽으로 이동했다.

"지유 누나!"

리얼 헌터를 만드는 그림 작가 문지유의 전화이기에 반갑게 받았다.

물론 다른 친구들은 이 문지유가 그 문지유일 줄 상상도 못할 것이다.

다만 최치우가 활짝 웃으며 전화를 받는 걸 신기하게 쳐다볼 따름이다.

그중에서 유은서는 불안한 눈빛으로 최치우를 바라봤다.

그가 다른 여자의 이름을 부르고 즐겁게 통화하는 게 마음에 걸리는 눈치였다.

스무 살의 여름, 최치우는 무슨 일이 벌어질지 모르는 독도 여정을 앞두고 있었다.

그러면서 본의 아니게 서울대 공대 퀸카로 떠오르는 유은서의 가슴에 불을 질렀다.

이름만 들어도 좋은 청춘이었다.

뿌우우우우—!

뱃고동이 요란하게 울렸다.

목적지에 거의 다 도착한 것 같았다.

최치우와 김도현 교수를 제외한 탐사대 멤버들은 반쯤 죽어 가고 있었다.

지독한 뱃멀미에 시달리느라 다들 얼굴이 창백했다.

이시환은 오바이트를 여러 번 하며 화장실을 제 집처럼 드나들었다.

어떻게 보면 너무 멀쩡한 최치우, 그리고 김도현 교수가 비정상이었다.

독도까지 가는 길은 결코 간단하지 않다.

서울에서 포항까지 네 시간을 달리고, 차멀미가 가실 즈음 배에 올라 세 시간을 시달려야 한다.

포항에서 울릉도까지의 뱃길은 거센 파도로 유명했다.

초행인 사람들에겐 악몽일 수밖에 없었다.

"치우 군은 멀미를 하지 않는가 보군요?"

김도현 교수가 혼자 멀쩡한 최치우에게 질문했다.

창밖으로 넘실거리는 파도를 바라보던 최치우가 고개를 돌렸다.

"이 정도는 괜찮습니다."

그는 정말 아무렇지도 않았다.

단전에 쌓인 일 갑자의 내공은 굳건한 기둥이나 마찬가지였다.

기둥이 튼튼한 건물은 쉽게 무너지지 않는다.

물론 내공이 만능은 아니다.

최치우는 마나를 받아들이기 시작해 어느덧 4서클에 이르렀다.

4서클 마법을 펼칠 수 있을 만큼의 마나를 받아들여도 몸에 무리가 가지 않는다.

그만큼 대자연의 힘과 친숙해졌다는 뜻이다.

뱃멀미를 만드는 파도 또한 대자연의 일부이다.

마나의 힘을 빌리는 마법사라면 두려워할 필요가 없다.

그러나 무공과 마법에 대해 구구절절 설명하면 미친놈 소리를 들을 게 뻔하다.

최치우는 원래부터 멀미를 안 하는 체질이라고 적당히 둘러댔다.

"그런데 교수님도 아주 편안해 보이십니다. 배가 제법 많이 흔들리는데요."

"나는 익숙해요. 아주 어릴 때부터 할아버지를 따라 온갖 오지를 다녔기 때문이지요."

"그러셨군요. 김도훈 회장님 이야기는 뉴스에서 많이 봤습니다."

"할아버지 덕분에 저 친구들처럼 고생을 안 하게 됐으니 아직도 갚을 빚이 끝이 없게 느껴져요. 잔소리 같겠지만 치우 군은 부모님 계실 때 꼭 잘해 드리도록 해요."

"명심하겠습니다."

최치우는 어머니의 얼굴을 그리며 고개를 끄덕였다.

김도현은 할아버지를 생각하는지 잠깐 아련한 표정을 지었다.

하지만 이내 배가 선착장에 진입하며 둘의 대화는 끊기고 말았다.

"치우야, 도착했니?"

"다 왔어요, 형."

최치우는 시체가 되어버린 이시환의 어깨를 두드려 줬다.

세 시간 동안 제일 심하게 고생한 사람이 바로 이시환이었다.

김도현 교수와 최치우는 기진맥진한 탐사대 멤버들을 데리고 육지를 밟았다.

고생 끝에 도착한 울릉도는 낙원처럼 보였다.

섬을 둘러싼 산책로는 바다와 어우러져 아름답기 그지없었다.

지켜보는 것만으로 가슴이 뻥 뚫리는 옥색 바다와 기암괴석이 즐비한 섬의 표면까지.

이런 절경이 대한민국의 바다 한가운데 숨어 있다는 게 놀라울 뿐이다.

"와—! 멋지다!"

"교수님, 대박입니다!"

대학원생 세 명도 탄성을 터뜨렸다.

평소 그들은 공부하다 감정이 말라 버린 기계 같았다.

그럼에도 불구하고 울릉도의 풍경 앞에서 무장해제가 되어 버린 것이다.

"자, 감탄은 나중에 더 하고 일단 숙소로 이동하지요."

김도현 교수가 지시를 내렸다.

멀미에서 벗어나 넋 놓고 바다를 바라보던 멤버들이 재빨리 움직였다.

숙소는 항구 근처의 모텔이었다.

울릉도에서 손꼽힐 정도로 깨끗한 현대식 건물이라 불편함은 없었다.

최치우는 이시환과 같은 방을 배정 받았다.

학부생끼리 편하게 지내도록 김도현 교수가 배려해 준 것이다.

짐을 푼 탐사대 전원은 숙소 2층의 식당으로 모였다.

밥을 먹기 위해서가 아니었다.

식사 시간이 아닐 때는 식당을 회의실로 사용하게 됐다.

2층에서는 김도현 교수와 함께 낯선 중년인이 탐사대 멤버들을 기다리고 있었다.

"이분을 소개하게 되어서 기쁘네요. 국내 최고의 시추 전문가이신 정기석 단장님이에요."

김도현이 중년인을 소개했다.

턱수염과 콧수염 자국이 진하게 나 있는 정기석은 남자답게 생겼다.

그의 외모를 설명하는 데 상남자 세 글자면 충분할 것 같았다.

회색 작업복을 입은 그가 살짝 고개를 숙였다.

"반갑습니다. 여러분이 서울대 에너지자원공학과 최고의 인재들이라 들었습니다. 김도현 교수님께서 직접 만든 탐사대이니 기대가 아주아주 큽니다."

정기석이 걸걸한 목소리로 자기소개를 시작했다.

요상한 사투리 발음이 섞여 있었는데 선 굵은 외모와 잘 어울렸다.

"저는 2005년 출범한 가스 하이드레이트 개발사업단의 초대 단장이었습니다. 지금은 고문으로 물러났지만, 그냥 편하게 단장이라 부르면 됩니다. 정 고문, 좀 이상하지 않습니까? 핫핫핫!"

그가 별로 웃기지도 않는 농담을 하고 혼자 크게 웃었다.

하지만 탐사대 멤버들은 진지한 얼굴로 정기석을 쳐다보고 있었다.

김도현 교수가 초빙한 전문가이기에 뭔가 하나라도 배우려는 것이다.

"마… 빙빙 돌려서 재미없는 설명은 생략하겠십니다. 어차피 학교에서 김 교수님께 잘 배웠으리라 믿고 우리가 독도에서 무엇을 할지 간략하게 설명하겠십니다."

십니다로 끝나는 말투가 금방 귀에 익을 것 같았다.

최치우는 목을 앞으로 내밀고 집중했다.

"다들 알고 있겠지만 독도 밑에는 메탄 하이드레이트가 6억 톤 넘게 매장돼 있십니다. 6억 톤입니다, 6억 톤. 여기서 기초적인 질문 하나 하겠십니다. 메탄 하이드레이트가 뭐시라꼬 다들 이렇게 난리를 치겠십니까?"

예상 못 한 타이밍의 질문이다.

최치우는 망설이지 않고 손을 번쩍 들면서 대답했다.

"심해에서 고체 상태로 굳은 메탄 하이드레이트 1리터에는 최대 200리터의 메탄가스가 함유되어 있습니다. 6억 톤의 매장량이면 무려 1,200억 톤의 천연가스를 생산할 수 있는 셈입니다. 또한 석유에 비해 오염 물질 배출이 적어 친환경적 에너지원이기도 합니다."

"깔끔합니다, 깔끔해. 잘생긴 학생이 설명도 참 잘했십니다. 이름이 뭡니까?"

"최치우입니다."

"최치우 학생, 내 기억하고 있겠십니다."

최치우는 적극적인 자세와 똑 부러지는 언변으로 점수를 땄다.

김도현 교수도 흐뭇한 표정을 짓고 있었다.

그의 설명처럼 메탄 하이드레이트는 고체 상태로 심해에 매장돼 있었다.

드라이아이스처럼 생겼는데 엄청난 양의 가스가 농축되어 있어서 불을 붙이면 타오른다.

그래서 불타는 얼음이라고 불리는 것이다.

1리터만 채취해도 200리터의 가스를 얻을 수 있으니 그야말로 바다 밑의 다이아몬드이다.

일본이 독도를 포기하지 않고 탐내는 것도 메탄 하이드레이트 때문이라는 추측이 있을 정도였다.

"오늘 저녁에는 해저 시추와 관련된 전문 교육을 실시하겠습니다. 그리고 내일 기상 상황이 좋으면 독도로 갑니다. 울릉도 동남쪽 뱃길 따라 200리―!"

정기석이 어깨를 덩실거리며 노랫말을 읊조렸다.

해저 시추라는 전공 분야만큼 독특한 성격을 지닌 캐릭터였다.

"독도를 그냥 가느냐? 아입니다. 유람선 타고 독도 관광하러 온 거 아니지 않습니까. 미래 에너지 탐사대, 아이고, 길다. 그냥 F.E라고 부르겠습니다. F.E 여러분은 초음파 탐사선을 타고 독도로 갈 겁니다."

"오오―!"

대학원생들이 저도 모르게 환호했다.

탐사대에게 주어진 여건이 당초 예상을 뛰어넘었기 때문이다.

미리 말을 해주지 않은 김도현 교수는 부드러운 미소로 제자들을 지켜보고 있을 따름이다.

"탐사선을 타면 독도에 내릴 수는 없십니다. 그거는 다음에 관광하러 와서 하면 되고, 우리는 독도의 동도 옆으로 항해하며 해양지층을 초음파로 볼 계획입니다. 그리고 어디에 시추 기계를 박아 넣으면 좋을지 생생하게 보고 토론을 하겠습니다."

이야기만 들어도 재밌을 것 같았다.

독도는 작은 섬이다.

수면 위로 드러난 동도와 서도가 작다는 뜻이다.

바다 아래 이어진 암석과 지층의 크기는 엄청나다.

그곳을 초음파로 탐사하며 메탄 하이드레이트의 흔적을 쫓는 것이다.

내일 제시하는 의견이 언젠가 독도 인근에 세워질 시추 기계의 위치를 조정할 수도 있다.

'6억 톤의 불타는 얼음, 그 안에 1,200억 톤의 가스가 잠자고 있다. 우리나라를 제2의 산유국으로 만드는 프로젝트가 될 수도 있어.'

최치우는 가슴 깊이 원대한 야망을 불태웠다.

스무 살의 여름은 열아홉 여름과 비교도 할 수 없는 스케일로 그를 덮쳤다.

거대한 파도가 그의 앞길을 밝히며 몰아치는 것 같았다.

초음파 탐사선은 겉보기엔 일반 유람선과 크게 달라 보이지 않았다.

탐사선의 종류는 무척 다양하다.

아주 작고 빠른 탐사선도 있고, 반대로 어마어마하게 큰 대형 탐사선도 존재한다.

그러나 가스 하이드레이트 사업단의 초음파 탐사선은 외관상 특이점이 없었다.

어쩌면 정치적 고려가 반영됐기 때문인지도 모른다.

만약 한국 정부가 독도 인근을 탐사하는 게 알려지면 일본에서 난리를 칠 것이 분명하기 때문이다.

우리의 영해에서 정당한 탐사 활동을 하는 것이지만, 높은 자리에 오른 사람들은 국제 정세를 신경 쓸 수밖에 없다.

어쨌거나 미래 에너지 탐사대 멤버들은 설레는 마음으로 배에 올라탔다.

하지만 정기석 단장이 곧바로 찬물을 끼얹었다.

"울릉도 올 때까지 멀미 심했습니까?"

"죽는 줄 알았습니다."

"여기도 설마……."

지독한 뱃멀미에 시달린 이시환과 대학원생 멤버들이 불안한 표정을 지었다.

정기석 단장은 그들을 쳐다보며 크게 웃었다.

"와하하하! 보아하니 다들 고생 좀 할 것 같습니다. 김 교수님만 멀쩡하시겠네."

"치우 군도 뱃멀미를 전혀 안 했어요."

김도현 교수가 최치우를 가리키며 말했다.

울릉도까지 오면서 오직 두 사람만 멀쩡했기 때문이다.

정기석은 의외라는 듯 최치우를 유심히 쳐다보며 고개를 끄덕였다.

"역시 잘되는 팀은 막내가 에이스라는 거 아입니까. 대단합니다."

"감사합니다."

최치우는 자신을 향한 칭찬에 들뜨지 않았다.

그는 배울 게 훨씬 많았다.

어제저녁 해저 시추 전문 교육 시간에도 대학원생들의 전공 지식에 감탄했다.

아무리 예습을 많이 했어도 아직은 학부생 수준이었다.

그는 자만하지 않고 하루하루 성장하고픈 생각뿐이다.

"자, 가입시다!"

초음파 탐사선이 항구를 벗어나 바다로 나아갔다.

울릉도에서 독도까지는 그리 오래 걸리지 않는다.

하지만 파도가 평소보다 높은 편이었다.

출항을 못 할 정도는 아니지만, 아무래도 탐사대 멤버들에게 시련이 주어질 것 같았다.

"치우야, 나 아침을 괜히 먹었나 봐."

"내가 조금만 먹으랬잖아요, 형."

이시환이 벌써 앓는 소리를 했다.

최치우는 부쩍 친해진 그의 등을 두드려 주며 고개를 저었다.

현재 4서클에 오른 마법으로는 파도를 잠잠히 만들 수 없다.

아슬란 대륙에서처럼 9서클 현자 클래스에 도달했다면 거친 파도도 잠재울 수 있었을 것이다.

그러나 지금은 뱃멀미에 고생하는 이시환과 탐사대 선배들을 안타깝게 바라볼 수밖에 없었다.

촤아아아악—!

탐사선이 파도를 가르며 전진했다.

정기석 단장이 탐사선 내부를 보여주며 전문적인 설명을 계속했다.

슬슬 상태가 안 좋아진 이시환은 설명을 듣는 둥 마는 둥이다.

하지만 대학원생들은 확실히 뭔가 달랐다.

그들 역시 뱃멀미를 느끼면서도 정기석이 말을 꼼꼼히 메모하고 있었다.

이래서 몸에 밴 습관이 무서운 법이다.

'나도 질 수 없지.'

최치우도 핵심적인 내용을 메모하며 정기석의 설명을 통째로 외우려 했다.

돈을 주고도 쉽게 들을 수 없는 강의와 체험이다.

이런 순간이 훗날 얼마나 큰 도움이 될지 알 수 없었다.

분명한 것은 아무에게나 주어지는 기회가 아니란 사실이다.

"이렇게 초음파로 측정한 1차 데이터가 화면에 떠오르고 있습니다. 물론 정밀 데이터 분석은 시간이 좀 걸리지만… 2005년부터 우리 사업단이 놀고만 있던 것은 아닙니다."

"시추 기계를 세울 위치를 찾으신 건가요?"

"아직 최종 확정은 못 했습니다. 다만 어느 정도 범위는 설정을 했고, 지속적으로 정부에 보고서를 올리는 중입니다. 문제는 정부가 일본과의 외교 갈등을 감수할 의지가 있느냐, 그리고 시추 기계를 세운 다음 진짜로 메탄 하이드레이트를 채취할 기술을 얻느냐, 이 두 가지 문제가 먼저 해결되어야 합니다."

어느 것 하나 쉬운 문제는 아니었다.

그러나 외교 문제는 정부의 의지만 있으면 극복할 수 있다.

역시 메탄 하이드레이트를 채취하는 기술적 문제가 더 컸다.

"시추 기계 세울 위치를 선정하고 핵심 기술 딱 하나만 있으면 가능한 일인데… 아쉽긴 합니다."

정기석 단장이 씁쓸하게 웃었다.

이틀 사이 그가 이런 표정을 지은 건 처음이다.

관련 분야에 뛰어든 사람으로서 짙은 아쉬움이 느껴졌다.

"핵심 기술은 미국과 일본이 가지고 있죠?"

최치우가 정곡을 찌르는 질문을 던졌다.

예상 못 한 물음에 정기석 단장과 김도현 교수가 눈을 크게 떴다.

"우와, 우리 막내 학생이 공부를 진짜 많이 한 게 티가 납니다. 맞습니다. 미국은 1980년대 초에 심해에서 메탄 하이드레이트 실물을 채취했고, 일본도 89년에 근해 채취에 성공했습니다. 그게 벌써 20년도 더 전입니다. 만약 지금 독도가 일본 손에 들어간다? 그럼 아마 당장 채취할 수 있는 핵심 기술을 보유하고 있을 겁니다."

"일본이라… 일본……."

최치우는 남들 모르게 혼잣말을 읊조렸다.

지금 스무 살 대학생이 얼마나 위험한 생각을 하는지 아는 사람은 아무도 없었다.

만약 최치우가 생각을 행동으로 옮기면 일대 사건이 벌어질 것이다.

'시도해 볼 가치는 있지. 충분히.'

최치우는 자신의 상상을 갈무리했다.

당장은 미래 에너지 탐사대 활동에 집중할 때였다.

그때 마침 정기석이 손을 들어 창밖을 가리켰다.

"저기 보입니까? 우리의 독도입니다."

"진짜 독도네요!"

"저게 말로만 듣던 독도구나."

탐사대 전원이 독도를 바라봤다.

다들 독도를 직접 보는 건 처음이다.

김도현 교수 역시 흥미를 보이며 창 가까이 얼굴을 가져갔다.

"좀 더 큰 게 서도이고 작은 게 동도입니다. 탐사선은 현재 동도에서 동쪽으로 움직이고 있십니다. 곧 시추 기계 예상 설치 범위에 진입합니다."

"메탄 하이드레이트는 수심 몇 미터쯤 묻혀 있습니까?"

"대략 300미터 이하 지대에서 감지되고 있십니다. 수심 200미터 대에 존재하는 해양 심층수도 다양한 방식으로 개발 가능한 자원입니다."

300미터라고 하면 별것 아닌 것처럼 느껴질 수 있다.

평지에서 300미터는 조금만 빨리 걸어도 금방 도달하는 거리이기 때문이다.

하지만 바닷속이라면 이야기가 완전히 달라진다.

심해(深海)는 아직 인간의 손이 닿지 않은 미지의 영역이다.

인류는 달나라에 발을 딛고 태양계 끝까지 인공위성을 보냈지만 바다는 정복하지 못했다.

그만큼 위험하고 일반적인 상식으로 재단할 수 없는 곳이

바로 깊은 바다였다.

"거의 다 왔습니다. 파도가 평소보다 높지만 그래도 안에서만 볼 수는 없지 않겠습니까."

정기석이 김도현 교수를 쳐다보며 허락을 구했다.

초음파로 해저 지형을 관측하는 건 충분히 지켜봤다.

이제 갑판에 나가 현장감을 느끼며 해저 시추의 어려움을 알려주려는 것이다.

"좋아요. 여기까지 왔으니 정 단장님께서 편하게 리드하세요."

김도현 교수의 허락이 떨어지자 정기석이 주의를 줬다.

"혹시 모르니 다들 떨어지지 말고 붙어서 설명을 들어야 합니다. 너무 크게 걱정할 필요는 없을 겁니다."

미래 에너지 탐사대는 정기석 단장을 따라 갑판으로 나갔다.

부서지는 파도가 만들어낸 물방울이 이리저리 튀고 진한 바다 냄새가 코를 찔렀다.

갑판에 나와서인지 이시환과 대학원생 셋은 멀미 기운을 더세게 느끼는 듯했다.

"파도가 참 지랄 맞습니다. 이보다 더할 때도 많은데, 여기다 정확한 위치를 설정해서 시추 기계를 박아야 합니다. 그리고 울릉도에서 이 부근까지 매일 전문 인력이 왔다 갔다 하면서 작업을 지속해야 합니다. 얼마나 힘들고 어려운 작업일지 몸으로 느껴지십니까?"

확실히 갑판에서 설명을 들으니 해저 시추 작업의 어려움이 피부에 와 닿았다.

그 순간, 유독 큰 파도가 탐사선을 때렸다.

철썩―!

탐사선이 기우뚱 흔들렸다.

그러나 해일도 아닌 파도에 뒤집어질 탐사선이 아니었다.

하지만 갑판에 나와 있는 이시환의 컨디션은 매우 안 좋았다.

"우-우-욱!"

꾹 참고 있던 이시환이 오바이트를 하려 했다.

속에서 토가 올라오는 걸 보통 인간의 의지로는 막을 수 없다.

마침 그가 허리를 숙일 때 또 한 번 강한 파도가 탐사선을 치고 지나갔다.

"우웩!"

"어, 어! 시환아!"

손을 쓸 틈도 없었다.

토하느라 균형을 잃은 이시환이 넘어진 채 주르륵 미끄러졌다.

초음파 탐사선은 원활한 연구 활동을 위해 갑판 칸막이가 다른 배보다 낮다.

순식간에 칸막이 경계까지 밀려간 이시환이 자칫하면 높이 치솟은 파도에 휩쓸릴 수도 있었다.

정기석이 움직이려 했지만 탐사선이 계속 흔들려 여의치 않았다.

하필이면 거센 파도가 연달아 배를 때리고 지나갔다.

"형, 여길 봐!"

위기의 찰나, 최치우의 목소리가 사자후처럼 크게 울렸다.

최치우는 망설이지 않고 몸을 날렸다.

흔들리는 갑판 위에서 균형을 잡으며 빠른 속도로 달려갔다.

쿠오오오오!

이제껏 본 것 중 가장 높은 파도가 이빨을 드러냈다.

저만한 파도는 갑판 위까지 덮칠 것이다.

'슬립!'

최치우는 1서클 마법인 슬립(Slip)를 사용했다.

캐스팅을 마치자 그의 몸이 문워크를 하는 것처럼 이시환에게 미끄러졌다.

신묘한 방법으로 거리를 좁힌 최치우는 내공을 터뜨렸다.

꽈악—

팔을 뻗어 이시환의 목덜미를 잡았다.

'됐다!'

건장한 성인의 몸이지만 내공이 들어찬 팔뚝은 어마어마한 힘을 발휘했다.

후우욱!

최치우는 마치 가벼운 테니스공을 던지는 것처럼 이시환을 갑판 끝에서 중앙으로 던져 버렸다.

이 모든 게 눈 깜빡할 사이에 벌어진 일이다.

쿠당타타탕!

이시환은 여기저기 부딪치면서도 안전한 곳에 떨어졌다.

그러나 최치우는 그를 구하느라 여전히 갑판 구석에 서 있었다.

너무 급하게 내공을 팔에만 집중시켜 이시환을 던졌고, 바닥을 미끄럽게 만든 마법 슬립의 효과도 남아 있었다.

그야말로 최악의 상황에서 파도가 내리쳤다.

꾸웅!

거대한 파도의 힘은 상상을 초월한다.

탐사선과 갑판 중앙은 크게 흔들리는 정도이지만, 끄트머리에서 파도에 휩쓸리면 답이 없다.

대비를 하고 있었으면 모를까, 최치우는 거의 무방비 상태로 온몸을 내주고 말았다.

쏴아아아!

파도가 지나간 자리.

갑판 구석에는 물만 흥건할 뿐 최치우의 흔적이 보이지 않았다.

김도현 교수와 정기석 단장, 탐사대 멤버들은 물론이고 안에서 창밖으로 갑판을 보던 탐사선 직원들, 그리고 죽다 살아난 이시환까지 한 명도 빠짐없이 창백하게 질려 아무 말도 못했다.

독도의 바다가 최치우를 삼킨 것이다.

『7번째 환생』 2권에 계속…